Grégoire Hervier

Scream test

ISBN : 2846261148
ISBN 13 : 9782846261142

Au diable vauvert
www.audiable.com
La Laune BP 72 30600 Vauvert
contact@audiable.com

Catalogue disponible sur demande

« On devait vivre, on vivait,
car l'habitude devient instinct,
en admettant que tout son était entendu
et que, sauf dans l'obscurité,
tout mouvement était perçu. »
George Orwell, *1984*

« Si je propose un jeu consistant à faire
monter dix personnes dans un avion en
perdition équipé de neuf parachutes,
je sais que je trouverai des candidats...
Mais je ne le ferai jamais. »
John de Mol, inventeur de *Big Brother*

1

« Il semble qu'au moins quatre jeunes gens aient disparu presque simultanément avant-hier, vers 18 heures, à Los Angeles et dans ses environs. Voici leurs photos. Si vous avez vu une ou plusieurs de ces personnes depuis ces dernières quarante-huit heures, appelez immédiatement le centre de recherche des personnes disparues au numéro inscrit au bas de votre écran. »

Derrière le ton affligé du présentateur en chemise rose perçait l'excitation. Celle de transmettre à une partie du monde une nouvelle angoissante qui laissait présager le pire. Peut-être pire encore que le suicide collectif de Waco.

C'est ainsi que Matt Sullivan prit connaissance de la disparition de sa petite sœur Heather. Il connaissait la photo sélectionnée. Le bras coupé autour des épaules de la jeune fille, c'était le sien. Il regretta un instant de se voir ainsi mutilé, privé de sa part de célébrité. Il comprit immédiatement qu'il ne s'agissait pas d'une fugue. Lui-même savait bien que l'on fugue seul, parfois à deux mais le plus souvent seul. Sûrement pas à quatre. De plus, il ne connaissait aucun des autres disparus qui défilaient sur l'écran, leurs noms inscrits en gras sous leurs visages. Mais si ce n'était pas une fugue, de quoi s'agissait-il ?

Matt resta une minute les yeux hagards sur son canapé, avant de s'apercevoir que le présentateur abordait à présent le sujet délicat des maladies occasionnées par l'usage excessif des bancs solaires et autres douches bronzantes. Son Pepsi light se déversait lentement sur sa basket usée. Il saisit sa télécommande et zappa frénétiquement à la recherche d'autres informations. Sur CBS, un certain Ray Kaufman affirmait avoir vu trois des quatre disparus au cours du casting de *The Good One*, la nouvelle grande émission de téléréalité qui devait commencer le lendemain en prime time.

Aucun de ces candidats n'avait été sélectionné. Tous s'étaient montrés très motivés mais les deux filles étaient mineures et avaient trafiqué leurs cartes d'identité. Le garçon avait échoué aux screen-tests, ces épreuves où un psychologue vous agresse personnellement pour évaluer vos réactions.

Vinrent alors des rushs du casting de l'émission et Matt vit sa sœur dévoiler ses problèmes avec le nouvel ami de sa mère devant la caméra, des choses qu'il n'avait lui-même jamais entendues auparavant. Puis ce fut une autre candidate, à qui l'on avait demandé de surprendre le jury, qui tentait de faire éclater ses qualités vocales, en massacrant *Whenever, Wherever* de Shakira.

Matt coupa le son du téléviseur mais entendait toujours la chanson : la voisine du dessous avait sa fenêtre ouverte. Il prit son portable et appela sa sœur. En vain.

D'une main tremblante, il sélectionna le numéro de sa mère, puis se ravisa. Il décida d'appeler Jason, son meilleur ami… enfin, depuis son départ de la maison. Lorsque la première sonnerie retentit, il se demanda si le mettre au courant était vraiment une bonne idée. À la deuxième, il réalisa que Jason ne ferait rien d'autre que se vanter de connaître le frère de l'une des disparues, le transformant ainsi en bête curieuse. À la troisième, il raccrocha.

Non, la seule chose à faire était d'appeler le centre de recherche. Il remit le son du téléviseur et zappa pour retrouver le numéro. La panique commença à le prendre lorsqu'il vit qu'aucune des 227 chaînes à sa disposition ne jugeait bon de reparler de l'affaire. Heureusement, trois minutes plus tard, Channel 6 renouvela son alerte et le numéro vert inonda l'écran.

2

Dans son bureau de l'unité des personnes disparues du LAPD, au 150 Nord Los Angeles Street, le lieutenant Clara Redfield ne se doutait pas qu'elle allait devenir l'un des témoins privilégiés d'une histoire qui allait tenir en haleine, pendant plusieurs jours, plus de trois cent cinquante millions de téléspectateurs. Pour l'instant, elle se tirait les cheveux. C'en était à croire que « la Barrique », le centre où convergeaient tous les appels téléphoniques, ne faisait aucun tri. Elle croulait sous les informations les plus diverses et contradictoires. On avait cru bon de lui rapporter le témoignage d'une jeune retraitée qui affirmait avoir vu une soucoupe volante attirer les jeunes gens dans un faisceau de lumière aveuglant.

Elle se leva prendre un café. Près de la machine, elle essaya de rassembler ses esprits. En cas de disparition, trois hypothèses sont à envisager : la fugue, l'enlèvement, le crime. Mais, comme Clara le savait parfaitement, l'expérience prouvait qu'il s'agissait le plus souvent de combinaisons subtiles et variées de deux de ces éléments. Parfois même des trois.

Que savait-on exactement ? À cet instant précis, sept personnes, résidentes de Los Angeles, avaient été déclarées disparues durant ces dernières quarante-huit heures. Statistiquement, cela en faisait au moins trois de trop par rapport à la moyenne de cette période de l'année. De plus, dans ce panel, cinq avaient approximativement le même profil. Entre seize et vingt ans, issues de classes moyennes ou aisées, et sans antécédent de fugue connu. Quatre d'entre elles étaient enfants uniques et leurs parents avaient alerté le centre de recherche très tôt. Compte tenu de points communs marquants dans les conditions de leur disparition, leur demande avait été immédiatement prise au sérieux. Mais le plus curieux était que trois des sept disparus s'étaient croisés au cours d'un même casting.

Une secte aurait-elle profité de leur déception, voire pour certains de leur désespoir, d'être éliminés d'un jeu pour s'attirer de nouveaux adeptes, jeunes et facilement formatables ? Auraient-ils fait un pacte au cours de ce casting ? Ou était-ce une incroyable coïncidence, plus de sept cent cinquante mille jeunes Américains ayant envoyé leur cassette à l'émission ?

Malgré tout, une voix intérieure qu'elle ne connaissait que trop bien lui disait que quelque chose d'effroyable allait arriver. Très bientôt.

Son coéquipier, le sergent Walter Clegg, cent dix-sept kilos pour un mètre soixante-douze, demanda à Clara si elle souhaitait parler personnellement au frère de l'une des disparues. Après avoir fait vérifier l'identité du correspondant, elle prit l'appel :

— Matt Sullivan ?

— Oui, c'est moi !

La voix n'était pas très assurée. On aurait dit un élève surpris par sa maîtresse au cours d'un assoupissement passager.

— Je suis Clara Redfield, police de Los Angeles, unité des personnes disparues. Tu es le frère d'Heather?

— Oui, c'est ça!

— Où te trouves-tu actuellement? demanda Clara

— Frisco.

— Quand as-tu vu ta sœur pour la dernière fois?

— C'était il y a trois mois à peu près.

— Trois mois? s'étonna Clara.

— Oui, disons que j'ai quitté la maison. Ça collait plus trop avec mes parents...

— Tu as eu des nouvelles depuis?

— Oui, on s'appelait à peu près toutes les deux semaines, dit Matt à regret.

— Tu étais au courant pour le casting?

— Oui, elle m'en avait parlé, elle avait été éliminée...

— C'est tout?

— Ben oui...

— Elle t'a appelé ces derniers jours?

— Oui, elle m'a dit que je devais surveiller la télé, ça devait être une surprise. Elle ne pouvait pas m'en dire plus.

Clara tournait nerveusement autour de son bureau.

— Elle devait aller quelque part?

— J'sais pas. Peut-être.

— Tu ne te rappelles de rien de plus précis?

Matt triturait son esprit mais ne trouva rien d'autre à répondre

— Non, dit-il finalement.

— Merci beaucoup, Matt. Si tu te souviens de

quelque chose, rappelle-moi. Je te laisse mon numéro personnel.

— OK.

Matt nota le numéro et raccrocha. Il n'avait pas fait grand-chose, mais c'était déjà ça. Mince, ils en parlaient de nouveau à la télé !

L'officier Clegg revint le combiné à la main, la transpiration perlant à grosses gouttes sur son visage rouge et bouffi : « Clara, nous sommes en contact avec une des disparues, la petite Amber ! »

3

Au sous-sol d'un gigantesque entrepôt désaffecté, Ed « Weird » Dahmer, dit le Bizarre, écoutait une copie d'*Antichrist Superstar* de Marilyn Manson, au casque, le volume de son lecteur MP3 poussé au maximum. Il secouait frénétiquement la tête d'avant en arrière pendant les parties speed, bluffé par le tranchant des guitares, puis sombrait dans un profond malaise, hypnotisé par la puissance des machines et la voix caverneuse du rockeur transformiste. Sur le mur face à lui se trouvaient vingt-deux moniteurs allumés, trois téléviseurs et deux écrans d'ordinateurs. Contre son ventre, une large console. Dessus, au milieu des emballages de chips et de gâteaux, son lecteur MP3, un Colt Python 357 équipé de balles dum-dum à tête en Téflon et une Nintendo Dual Screen.

L'œil humide, Ed fixait l'un des téléviseurs qui diffusait les images sordides d'un film SM de sa collection. Pour son final, cette production anglaise proposait une femme de trente-cinq/quarante ans, debout dans une cage, en costume d'apparat. Après s'être attardée deux minutes sur son visage inexpressif et bariolé, la caméra descendit lentement le long de son corps jusqu'à ses chaussures à talons aiguilles qui, chose curieuse, reposaient sur un sol de fin gravier. Puis, très lentement, un homme vu de dos attacha la femme visiblement consentante à la grille et installa une planche de bois à l'extérieur de la cage, à hauteur de son visage. Enfin, elle avança sa tête et posa sa langue sur la petite planche. L'homme prit un marteau et, d'un coup sec, lui enfonça un clou dedans, en gros plan. Des larmes coulèrent lentement sur les joues de la femme, qui n'avait émis qu'un faible gémissement, tandis qu'un sang épais et écarlate sortait de la langue désormais fermement fixée à la planche. À nouveau la caméra descendit jusqu'à ses pieds où, brusquement, le fond de la cage descendit d'environ quatre centimètres. La caméra s'attarda encore une minute sur les talons aiguilles qui se déplaçaient de manière pathétique sur le gravier pour essayer de gagner quelques précieux millimètres.

Puis écran noir. Pas de générique. C'était fini.

Ed avait déjà vu cette scène plusieurs fois mais elle lui plaisait toujours autant. C'était ce qu'on appelait le clou du spectacle. Il rit un instant de son bon mot, seul, dans son sous-sol.

Bon, allez ! Il fallait se remettre au boulot, le patron allait sans doute arriver d'une seconde à l'autre. Il éjecta la cassette du magnétoscope et la remit dans le placard. Mince, il y avait des chips partout sur la console. Après l'avoir époussetée à l'aide de sa casquette, il se leva prendre un Dr Pepper dans l'un des quatre énormes réfrigérateurs et ralluma son joint.

Ed ne parlait pour ainsi dire quasiment jamais. Et

pourtant, c'est bien le fait d'avoir parlé une fois dans sa vie qui l'avait perdu. Il faut dire qu'avec un mini-uzi sur la tempe, tenu par un cinglé de la DEA[1], dans une rue désertée de South Central LA, on trouve rapidement l'inspiration.

Aujourd'hui, le chef du gang auquel il appartenait, les « Crackers », était mort, tué l'arme à la main lors de son interpellation par la police, et les quatre autres membres séjournaient paisiblement dans le quartier des jeunes délinquants de la prison de Soledad. Lui n'y était resté qu'un an seulement et était maintenant en liberté conditionnelle. Visiblement ses nouveaux employeurs devaient ignorer ce passé, pourtant célèbre dans son milieu, pour lui avoir proposé ce job payé royalement. À six mille dollars la semaine, il n'avait vraiment pas l'impression de perdre son temps, même s'il lui fallait ensuite s'exiler le plus loin et le plus longtemps possible. De toute façon, il n'était pas en sécurité dans son quartier où il risquait à tout moment de se faire abattre par l'un des frères de ses anciens complices. Surtout, il ne devrait rien révéler de ses nouvelles activités, ce qu'il était certain de ne jamais faire, sauf en cas de menace de mort.

Son penchant pour la violence avait commencé très tôt. Dès son plus jeune âge, Ed Dahmer répondait aux moqueries de ses camarades par des coups de poing en plein visage. Une réaction de défense en quelque sorte, particulièrement efficace. À tel point que plus personne n'osait lui adresser la parole.

---

1. DEA : Drugs Enforcement Administration, l'équivalent de la Brigade des stups.

Sans amis, changé régulièrement d'école, sa solitude s'amplifiait en même temps que sa frustration et sa haine.

À l'adolescence, il découvrit qu'il portait le nom d'un des plus terribles psychopathes que l'Amérique ait connus : Jeffrey Dahmer. Ce jeune homme, homophobe et raciste, responsable de la mort d'au moins dix-sept personnes, noires pour la plupart, avait pour fantaisie de percer des trous dans la boîte crânienne de ses victimes, et d'y verser de l'acide de batterie afin de les « zombifier ». Certains avaient survécu plusieurs jours à ce traitement. Jeffrey Dahmer, surnommé « le cannibale du Milwaukee » avait été condamné le 17 février 1991 à quinze fois la prison à vie, avant d'être tué par un codétenu trois ans et demi plus tard.

Ed s'était passionné pour cet homme et avait lu de nombreux articles sur ses divers agissements. Intérieurement, lire ces témoignages contribuait à le décomplexer.

Ed scrutait les vingt moniteurs face à lui. Rien d'anormal. Il allait prendre sa Nintendo au moment où il entendit un bruit, derrière lui, dans le couloir.

C'était le « cerveau ».

4

Clara arracha le combiné des mains du sergent Walter Clegg, épuisé comme un coureur après un relais.

— Amber, tu m'entends ?

— Oui, je vous entends, fit la petite voix.

— Où te trouves-tu en ce moment ?

— À San Diego. Je…

Tout d'un coup, la voix se tut.

— Amber, tu m'entends ? redemanda Clara.

— Je suis partie rejoindre mon copain. Comme il a vingt-huit ans, mes parents ne l'aiment pas beaucoup alors j'ai préféré… Enfin je veux dire, de toute façon, j'allais les prévenir, dit Amber, un peu honteuse.

Clara essaya une autre direction.

— Amber, est-ce que tu connais quelqu'un parmi les autres disparus ?

— Non, je ne les avais jamais vus.

— Tu en es sûre ? Aucun d'entre eux ?

— Non, non. Je ne crois pas les connaître.

— Est-ce que tu as participé au casting de *The Good One* ?

— Non, je trouve ça complètement débile ces émissions.

— Merci beaucoup, Amber. Je te repasse le standard. On va prévenir tout de suite tes parents, ils s'inquiètent énormément.

Clara soupira, à la fois soulagée et déçue. Amber n'avait aucun rapport avec l'histoire qui l'occupait. Immédiatement, Clara se replongea dans les questionnaires renvoyés par les candidats à l'émission et leurs comptes-rendus psychologiques. On avait trouvé deux nouvelles personnes parmi les disparus ayant passé le casting, ce qui faisait monter le nombre de candidats à cinq. Trois filles et deux garçons. Clara essaya de s'imprégner de la personnalité de chacun, les classant en fonction du sexe et de l'âge.

La cadette du groupe était Heather Sullivan, seize ans et demi, qu'elle connaissait déjà un peu à travers son frère. Plus mignonne que véritablement belle, Heather était une jeune fille timide et naïve, cherchant à échapper à une situation familiale difficile. Elle avouait n'avoir jamais eu de relations sexuelles, ce qui avait un temps intéressé la production. Elle venait de la classe moyenne, souffrait de la séparation d'avec son frère et ambitionnait de s'occuper d'enfants. Elle prenait des cours de piano et affectionnait les soirées pyjama entre copines. Un peu complexée par sa petite taille, introvertie mais curieuse, elle voulait vivre de nouvelles expériences.

Jamie Temple, dix-sept ans, se présentait comme une jeune fille douce et sensible. La photographie montrait une belle Californienne, blonde, grande et mince, dont la poitrine ronde et volumineuse laissait suspecter un passage sur une table d'opération. Issue d'une famille de la classe moyenne, elle était fille unique et lycéenne. Ses loisirs se limitaient au shopping et au maquillage, ainsi qu'à la lecture compulsive de revues people et/ou de mode. Elle-même ambitionnait de devenir une star. D'après les conclusions des psychologues, sa recherche d'une figure paternelle et protectrice l'amènerait à « craquer » dès qu'une occasion se présenterait. Ses tendances exhibitionnistes la pousseraient probablement à passer à l'acte sous l'œil des caméras. Pour la production, c'était presque un money shot assuré mais, malheureusement, Jamie était trop jeune d'un an.

Enfin, la plus âgée des filles, et même de tout le groupe était Tracy Atherton, vingt ans. En recherche perpétuelle de reconnaissance, Tracy portait une attention très prononcée à son propre corps, avec une préférence pour ses fesses. Ce sujet revenait très fréquemment dans ses réponses, même quand les questions abordaient d'autres domaines. Anorexique durant son adolescence, Tracy s'était nourrie exclusivement d'écorces d'orange pendant plus d'un an. La photographie montrait une ravissante Latino-Américaine (sa mère était d'origine chilienne), qui semblait vouloir provoquer ses parents par tatouages et piercings interposés. Venue d'une famille protestante (Mme Atherton avait dû se convertir) et républicaine très aisée, elle poursuivait sans trop d'effort des études en communication. Elle se montrait particulièrement prolixe au sujet des questions d'ordre sexuel et confessait avoir eu à plusieurs reprises des expériences à trois, plus précisément avec deux garçons. Sa principale motivation pour le jeu était de devenir célèbre.

De manière laconique, les psychologues du casting tentaient de résumer la personnalité de chacune en un seul mot. Cela donnait : Heather « la sensible », Jamie « la bimbo » et Tracy « la tentatrice ».

Clara, malgré son empathie envers les disparus, ne put s'empêcher de sourire face à ce qui ressemblait à des parodies de portraits psychologiques, puis se concentra sur ceux des deux garçons.

Chuck Bartoletti, dix-huit ans, consacrait la majorité de son temps au hockey sur glace, au football et depuis trois ans au body-building. La photographie montrait un jeune homme de taille moyenne, aux cheveux blonds et ras, dont la partie supérieure du corps, particulièrement musclée, était disproportionnée par rapport aux jambes, qui paraissaient courtes et grêles. La psychologue du casting l'avait jugé « primitif », selon ses critères. Son regard vide, son sourire idiot et sa glabelle proéminente semblaient lui donner raison. Sexuellement, Chuck assurait avoir eu d'innombrables liaisons, éphémères pour la plupart. La même psychologue n'hésitait pas à voir en lui un éjaculateur précoce. Il était issu de la classe moyenne, avait deux demi-frères de deux mères différentes et étudiait le sport. Ses lectures favorites étaient les revues de musculation et de tuning. D'un naturel jovial et complètement décomplexé, il éprouvait cependant un perpétuel besoin de se mesurer à d'autres garçons, le plus souvent dans un esprit de camaraderie virile. Il participait au casting pour « tenter sa chance ».

Bruce Bradburn, dix-neuf ans, souffrait quant à lui de troubles psychologiques importants. Une mère possessive et un excès de poids le rendaient asocial et paranoïaque. Il semblait d'une taille légèrement inférieure à la moyenne et son visage pâle et gras portait encore de profondes traces d'acné. Issu d'un milieu populaire, fils unique et tardif d'une mère qui avait chassé son mari (alcoolique chronique) peu après sa naissance, il avait reçu une éducation particulièrement stricte et castratrice. C'était un lycéen portant en lui une grande révolte intérieure, ainsi qu'un monde imaginaire particulièrement riche. Ufologue amateur, il se passionnait également pour le hard-rock et la parapsychologie. Participer à un jeu de télé-réalité était probablement un bon moyen d'échapper à son quotidien.

Pour les psychologues du casting, cela donnait Chuck « le Monsieur muscles » et Bruce « le mal dans sa peau ».

Numéros de portables, adresses personnelles (tous habitaient chez leurs parents) et disponibilités étaient également indiqués.

Pour Clara, il devenait évident que le ravisseur avait eu connaissance des données qu'elle avait sous les yeux.

Tous les candidats se trouvaient à Los Angeles au moment de leur disparition, l'avant-veille dans l'après-midi. Les témoignages des familles n'avaient pas apporté beaucoup d'indices utiles. La plupart des parents travaillaient à ce moment de la journée. On étudiait maintenant les témoignages de leurs amis mais cela allait prendre beaucoup de temps. Or, en cas de disparition, les premières heures de l'enquête sont souvent les plus importantes. Après quelques jours, tout semble se déliter et les dernières traces s'estompent progressivement. Mais dans cette affaire, cela n'allait pas être le cas. Bien au contraire.

Clara était perdue dans ses pensées quand elle prit conscience que le volume sonore de la pièce voisine de son bureau, d'habitude en permanente effervescence, avait considérablement baissé. En fait, personne ne semblait plus parler. Clara jeta un regard à l'horloge. Il était très exactement minuit. Elle entendit des pas lourds s'approcher de la porte de son bureau.

Le sergent Clegg entra précipitamment dans la pièce, livide : « Clara, on a retrouvé les disparus ! »

Jour 1

5

Clara suivit le sergent Clegg dans la salle centrale, murs parfaitement blancs et mobilier métallique. Tous les policiers étaient agglutinés en demi-cercle autour d'un ordinateur. Sur l'écran, un à un, les disparus se présentaient en quelques mots tout en souriant. Puis les sept visages se retrouvèrent dans de petits cadres avec en surimpression la question : « Qui sera le dernier ? » Vint alors le slogan : « Six jours, six balles, six perdants et seulement *un* survivant » et le logo, un œil vous fixant méchamment et dont l'iris représentait un barillet de revolver, qui tournait dans un sens puis dans l'autre. À nouveau : « Qui sera le dernier ? » agrémenté cette fois-ci d'un : « À vous de choisir… »

La gorge de Clara se serra tandis qu'elle portait la main à sa bouche.

Les images provenaient d'un site Internet et, au bas de l'écran, apparaissait un compte à rebours : « Lancement de l'émission *The last one* dans : 7 min 49 sec… »

Clara demanda qui avait trouvé ce site. Brian Fukasaku se leva de sa chaise.

— C'est moi. Le centre de recherche a reçu un e-mail bizarre cet après-midi, qui mentionnait l'adresse du site en invitant à le visiter à partir de minuit. Je me suis connecté pour voir et voilà.

— Mettez immédiatement la surveillance informatique du FBI sur le coup pour savoir d'où provient le mail et d'où est diffusée l'émission.

En prononçant le mot « émission », Clara comprit qu'elle s'était fait momentanément prendre au piège : accorder un crédit à ce site, confondre ce qui se présentait comme une future série de meurtres avec une vulgaire sitcom. Elle n'avait pas réussi à se rattraper et s'en voulait déjà.

Peu de temps après, de nombreux internautes, ainsi que certains parents des disparus, appelèrent la police suite aux images qu'ils venaient de découvrir. La nouvelle se répandit à la vitesse de l'éclair.

Une voix, légèrement maquillée, expliquait plus en détail le brillant concept : tous les jours, à 14 heures, le groupe désignerait deux d'entre eux. Puis, pendant dix heures, on pourrait voter pour son candidat préféré pour la modique somme de cinq dollars l'appel. À minuit, les votes seraient arrêtés et rendus publics. Le candidat perdant serait abattu à sa sortie. Au bout des six jours, le dernier candidat se verrait libéré.

Le compte à rebours prit fin et l'on vit un résumé de l'entrée des candidats dans ce qui ressemblait à un grand appartement, aux couleurs vives et écœurantes. Clara identifia les cinq participants qui avaient été déclarés disparus, ainsi qu'un garçon et une jeune femme, tous deux inconnus. Ils découvraient avec ravissement le grand séjour avec le coin salon et ses canapés violets, le coin cuisine-salle-à-manger et, plus original, un jacuzzi central. Ce fut l'occasion pour Jamie « la bimbo » et Tracy « la tentatrice » de se mettre immédiatement en bikini afin d'assurer le show. On découvrit ensuite la chambre rose des filles, la chambre bleue des garçons, la salle de bains couverte de miroirs, la salle de musculation (Chuck admira le simulateur de ski de fond d'un œil professionnel), une salle zen avec des plantes et une musique apaisante et, pour finir, l'indispensable confessionnal dans lequel s'était déjà réfugié un huitième locataire, *Gopherus polyphemus* ou tortue du désert.

Clara remarqua qu'il n'y avait aucune vue sur l'extérieur. Certaines fenêtres avaient été condamnées, les autres devaient se trouver hors du champ des caméras. Elle remarqua également que la construction intérieure était plutôt *cheap*. L'espace avait dû être réaménagé et décoré par le propriétaire lui-même, pour éviter de recourir à une main-d'œuvre qui pourrait reconnaître les lieux par la suite.

En attendant les résultats de la Brigade centrale de répression de la criminalité informatique, elle pouvait toujours lancer une recherche sur les acheteurs de jacuzzi et de simulateur de ski de fond.

L'écran affichait maintenant le logo de l'émission, cet œil menaçant et inquisiteur, sous lequel on lisait « connexion en direct... » et quelques longues secondes plus tard, on vit les candidats assis sur les canapés, garçons et filles séparés, souriant à pleines dents pour la plupart.

Le présentateur leur annonça que, dans un peu plus de treize heures, auraient lieu les premières « nominations » : chacun devrait choisir deux personnes du groupe pour quitter l'appartement. La pression était maintenant perceptible sur le visage des candidats. Puis il y eut une rapide présentation des sept candidats. Les deux inconnus se prénommaient Donna et Andrew. Clara demanda à joindre le directeur du casting de *The Good One* pour qu'il les fasse identifier.

Le programme continua mais on avait maintenant la possibilité de choisir entre les vingt caméras pour suivre l'action. Brian Fukasaku se balada rapidement de pièce en pièce. Clara et les autres officiers de la police du comté de Los Angeles purent admirer avec quelle dextérité Andrew se roula un joint, en compagnie de Chuck « le Monsieur muscles », dans la chambre bleue.

6

Un vent de panique souffla dans la petite maison de Bruce « mal dans sa peau » Bradburn, située à Lawndale, à deux pas (environ huit kilomètres en fait) des bas quartiers de South Central. La mère de Bruce venait d'être alertée par la police que son fils participait sans le savoir à une émission qui pouvait se révéler dangereuse pour sa santé. Elle s'était précipitée dans la chambre du jeune homme mais, après de nombreuses tentatives, souvent originales, n'avait pas réussi à allumer son ordinateur. Elle était donc allée réveiller son voisin, Saúl Lopez, chef de cuisine d'un Taco Bell de Compton, qui la suivit jusque chez elle vêtu de son pyjama à l'effigie des Dodgers.

— Vite, c'est là ! lui dit-elle en désignant la machine obstinément réfractaire d'un doigt accusateur.

— Oui, oui, j'ai vu ! répondit Saúl en essayant de sortir de la phase trois de son sommeil.

Après quelques interminables secondes :

— Madame Bradburn. Votre fils a installé un mot de passe. Le connaissez-vous ?

— Oh non, c'est pas vrai ! Il se méfie toujours de

tout celui-là ! Attendez, je réfléchis… Essayez mon prénom.

— Rose, c'est ça ? Non, ça ne marche pas.

— Woofy, peut-être ? proposa Mme Bradburn en pensant à son ravissant labrador qui était pour elle presque un deuxième fils.

— Non plus.

— Attendez, comment s'appelle sa peluche préférée, déjà ?

— Écoutez, Madame Bradburn, on peut peut-être se connecter chez moi…

— Pas question. Ma place est ici, à cet endroit, dans *ma* maison ! s'exclama-t-elle en pointant un doigt impérieux vers la moquette défraîchie.

— Excu…

— Il doit bien l'avoir noté quelque part ce fichu mot de passe. Il ne retient jamais rien ! Attendez juste quelques minutes…

Et Rose Bradburn commença à ouvrir les placards de son fils, à en renverser les T-shirts soigneusement pliés et les chemises amoureusement repassées, à retourner les tiroirs du bureau, à ouvrir des livres pris au hasard sur les nombreuses étagères, à les secouer pour voir s'il en tombait quelque chose… Puis elle s'arrêta et se jeta à plat ventre sous le lit. Elle en retira des caleçons sales, des Kleenex usagés, des revues contraires à toute décence et enfin un petit carnet rouge à la couverture décrépite.

Elle le feuilleta à toute vitesse. On y trouvait des dessins de petits hommes avec de grosses têtes et des yeux en amande, des lettres d'insultes adressées à certains de ses professeurs, des poèmes pour une certaine

Elena, des hiéroglyphes, des signes cabalistiques en tout genre et enfin, à la dernière page, un mot, écrit en travers côté reliure : PROJET 51.

— Essayez ça, Saúl : PROJET 51, ordonna-t-elle.

Saúl s'exécuta sans protester et, à sa grande surprise, entendit l'ordinateur se mettre en branle.

— Ah oui, tiens, ça marche ! s'exclama-t-il.

Puis Saúl dut expliquer à Rose le fonctionnement de l'ordinateur, de la souris et d'Internet. À la fin, ils conclurent d'un commun accord que le mieux était de laisser l'ordinateur allumé et branché sur le site en permanence, afin de prévenir toute manipulation inadéquate.

Mme Bradburn était rassurée de voir son fils, même si elle ne pouvait pas s'occuper de lui comme elle l'aurait voulu. Saúl put rentrer chez lui finir sa nuit. Et déjà Rose Bradburn s'inquiétait du comportement déluré de Jamie et des tenues aguicheuses de Tracy.

Puisse Dieu préserver son fils encore quelques années…

7

Le réveil de Clara sonna à six heures. La nuit avait été courte. Trois petites heures. Comme chaque matin, la pulsation sourde dans son front lui fit prendre conscience qu'il faudrait qu'elle renonce un jour à ce petit Martini-gin qu'elle prenait le soir pour faciliter son endormissement.

Elle secoua la tête, remit un peu d'ordre dans ses cheveux châtains et se leva. Immédiatement, elle se connecta au site pour voir où en étaient les candidats. Ils dormaient paisiblement. Les inconscients…

Elle prit place au milieu de sa chambre exiguë et fit quelques étirements avant d'entamer ses cent abdominaux journaliers. Enfin, elle se lança dans une série de cinquante pompes. Cet entraînement quotidien était plus utile à sa progression en karaté kyokushinkai qu'à son travail, il fallait bien en convenir. Elle échappa de justesse à la tentation de s'arrêter à la quarantième pompe, pour finalement s'effondrer après une redoutable cinquante et unième.

Clara se connecta ensuite à sa boîte e-mail. Elle avait reçu les portraits psychologiques des deux derniers candidats à avoir été découverts : Donna Jackson et Andrew Vaughan.

Donna était une splendide Afro-Américaine. Vingt-quatre ans, déjà divorcée et mère d'un enfant de huit ans. Une « riot girl », selon les psychologues. Ambitieuse, dominatrice et hyper-agressive. Très grande, mince, séduisante, elle exerçait à titre provisoire la profession de serveuse topless dans un bar branché de Sunset Boulevard, dans l'attente de tomber sur celui qui dévoilerait au monde entier ses talents de chanteuse et/ou d'actrice.

Andrew, vingt-deux ans, était bisexuel à tendance gay et dépressif à tendance cyclothymique. Il souhaitait participer à une émission de télé-réalité afin de satisfaire, selon ses propres mots, sa « curiosité intellectuelle et anthropologique ». Il avait rapidement été éliminé. Grand, maigre et pâle, Andrew posait de manière élégante, jouant de son regard profond. Il était mannequin et affectionnait les longues soirées en boîtes de nuit. La production suspectait de sa part une consommation régulière et non négligeable d'alcool et de tabac, voire de cannabis et d'ecstasy. Il était fils unique d'une famille plutôt aisée et souhaitait devenir acteur. Cynique, il déclarait vouloir « se brûler les ailes et mourir jeune ». Il était bien parti.

Le mode de vie de ces deux derniers candidats (Donna « la rebelle » et Andrew « le romantique » selon les psys de *The Good One*) expliquait que personne ne les ait considérés comme disparus au bout de quarante-huit petites heures.

Dans la minuscule cuisine, encombrée de cartons de meubles Ikea pas encore montés, Clara se prépara un grand café noir (la seule chose qu'elle pouvait avaler de grand matin) tout en écoutant les nouvelles à la radio. Si les journalistes mettaient l'affaire qui l'occupait en ouverture des infos, ils oscillaient entre une extrême gravité et une incrédulité moqueuse. Le « jeu » était le plus souvent considéré comme une bonne grosse blague, cherchant à faire monter l'Audimat d'une émission par ailleurs sans intérêt. Mais Clara savait qu'il n'était pas question de cela.

Après avoir bu son café en trois goulées, elle prit une douche glacée.

Devant son miroir, elle essaya d'améliorer son teint. Elle se trouvait un peu pâle. Carrément blafarde même, eu égard aux critères californiens. Elle venait d'avoir trente-trois, mais s'en accordait généralement deux de moins. Pas ce matin.

Elle enfila sa combinaison et enfourcha sa Ducati ST2 rouge métallisé, achetée après le départ de Michael, ce connard, pour se changer les idées. Cela faisait deux ans déjà. Elle était mince dans sa combinaison et beaucoup d'hommes la mataient aux feux rouges, même si la seule chose qu'elle dévoilait était une petite dizaine de centimètres de cheveux sortant de son casque noir. Mais pour l'instant, elle avait relégué les rapports amoureux au dernier rang de ses priorités.

En slalomant entre les monstrueux 4x4, Navigators et autres majestueux Sport Utility Wagons, Clara se demandait quels seraient les résultats des recherches de la Brigade informatique. La veille, ils parlaient d'un cas inconnu d'adresse IP « mouvante », au sujet du site de l'émission. Les adresses IP des sites Internet étaient normalement délivrées très officiellement par un organisme, l'IANA[1], mais là, le site s'attribuait lui-même ses adresses IP. De plus, il en changeait à chaque connexion, piochant parmi des adresses IP temporaires non utilisées, rendant toute traçabilité impossible. Aussi, ne pouvant le localiser, la Brigade informatique avait-elle décidé qu'à 9 heures elle lancerait une opération de DOS[2] sur le site, destinée à le saturer de demandes de connexions jusqu'à la paralysie. Clara avait demandé que le LAPD ait toujours accès au domaine pour collecter des informations mais, apparemment, c'était tout ou rien. Il avait été décidé que l'opération aurait lieu, mais serait limitée à une heure, afin d'avoir un moyen de pression sur les ravisseurs. Le but non avoué était surtout de se préparer à censurer le site dans l'hypothèse désastreuse où les otages ne seraient pas libérés avant minuit.

En arrivant à son bureau, Clara apprit que le standard avait reçu plus de sept cent mille appels, témoignages, canulars ou menaces d'exécutions pendant la nuit, et que les tentatives de contact avec les ravisseurs sur le site du LAPD étaient fructueuses puisqu'ils avaient déjà plus de dix-neuf mille réponses.

On lui remit un dossier de cent cinquante pages dans lequel se trouvaient les indices ainsi obtenus, classés par ordre de crédibilité décroissant. Elle eut ainsi confirmation que la majorité des disparus avaient emmené des affaires personnelles. Des voisins signalaient des véhicules douteux stationnés à l'heure des « enlèvements » : une Chevrolet violette, une camionnette de livraison blanche, un mini-van noir,

1. Internet Assigned Number Authority.
2. Denial of Service.

une Lincoln verte immatriculée dans le Nevada. Le mini-van revenait dans deux témoignages. Clara le souligna d'un trait rouge. Le reste était sans importance.

Elle fit venir le Pr Nordheimer, un homme d'une cinquantaine d'années, aux cheveux poivre et sel en queue-de-cheval, portant de petites lunettes rondes et une veste en velours côtelé marron foncé. Un universitaire, spécialiste des images et de l'analyse filmique, qui travaillait occasionnellement pour la police pour passer à la télévision une fois les enquêtes résolues.

— Professeur, que pouvez-vous me dire de ce que vous avez vu ? demanda Clara.

Le professeur, les yeux rougis par sept heures de travail continu, toussota légèrement avant de prendre la parole.

— En premier lieu, j'aimerais dire que cette émission, puisqu'il faut se résoudre à l'appeler ainsi, est le pire monceau de merde qu'il m'ait été donné de voir depuis longtemps. C'est le degré zéro de…

— Excusez-moi professeur, j'ai dû mal m'exprimer. Je voulais dire qu'avez-vous vu qui puisse m'aider dans mon enquête ?

— Je vois. L'émission est diffusée en MPEG-4 en streaming dynamique, ce qui assure une qualité d'image et une fluidité un peu moins médiocre que ce que l'on trouve en général sur le Net. Il y a une quarantaine de micros omnidirectionnels et vingt caméras, dont deux infrarouges situées dans les chambres. Ce sont des caméras vidéo type milieu de gamme, toutes semblables et munies d'objectifs grands-angles. Je fais actuellement étudier la trame des images afin de savoir de quelle marque et de quel modèle il s'agit. Les caméras filment en légère plongée, comme dans n'importe lequel de ces dégradants spectacles de télé-réalité, à la seule différence qu'ici il n'y a strictement aucun mouvement. Ni recadrage, ni rotation, ni travelling. Rien. Seulement quelques légers zooms de temps en temps, lorsqu'un des protagonistes se trouve au centre du champ.

— Peut-on en déduire que le réalis… (Clara se reprit juste à temps) que le responsable de ces images ne consacre pas beaucoup d'efforts à sa mise en scène ?

— C'est le moins que l'on puisse dire, en effet !

— On peut imaginer qu'il n'est pas continuellement présent pour observer son propre spectacle ?

— Ce serait compréhensible…, fit le professeur avec un regard accusateur envers Clara pour lui avoir fait passer tant de temps à souiller ses yeux d'esthète.

— Que pouvez-vous me dire du contenu ?

— Comme je le dis souvent à mes étudiants : c'est pas du Bergman ! À l'image de la mise en scène, complètement vide. Les intrigues classiques de ce genre de jeu. Vu la qualité de ses relations avec les autres, le brave Bruce a toutes ses chances d'être nominé tout à l'heure.

— Avez-vous d'autres éléments susceptibles de m'aider ?

— Le jingle de l'émission ainsi que son logo sont réalisés à l'aide de logiciels vidéo tout à fait courants. Il n'y a pas de hors-champ, d'angles morts si vous préférez, dans l'appartement, en dehors des rares sources de lumière naturelle, c'est-à-dire des fenêtres, ce qui fait que rien de l'extérieur des lieux n'est visible. Les candidats portent des micros HF sur eux et ceux-ci ne se trouvent pas aussi facilement que les caméras.

— Quel modèle ? s'enquit Clara.

— Des Sennheiser MD 540, je pense. Voilà, c'est à peu près tout.

— Merci infiniment pour votre aide, Professeur !

— Je peux aller me coucher ?

8

À New York, dans la gigantesque salle des opérations, digne de Cap Canaveral, de la Brigade informatique du FBI, un silence de mort régnait, à peine troublé par le léger ronronnement des trois super-calculateurs en réseau.

« Trois, deux, un, c'est parti ! » lança d'un ton enflammé Bill Mahlman, commandant de la brigade, en appuyant sur le bouton Enter de l'ordinateur central. Dans quelques minutes, WIN DOS, le tout nouveau programme que son équipe avait concocté, allait exploser le site de ce kidnappeur dégénéré en l'inondant de dizaines de millions de demandes de connexions.

Le commandant Bill Mahlman se rappelait encore cette année 1987 où, jeune recrue, il avait aidé à mettre la main sur un hacker de quinze ans qui avait cru bon d'écrire « les médias sont des menteurs » sur la page d'accueil du site Web de la Broadcasting Corporation. Et aussi de cet autre de seize ans qui avait forcé les barrières de sécurité des sites de la Défense nationale pour ensuite en divulguer à qui voulait l'entendre les mots de passe et codes d'accès. Compte tenu de son jeune âge, le hacker avait échappé à treize ans d'emprisonnement et une amende de quatre-vingt mille dollars, commuée en une peine plus clémente de neuf mois de prison et dix mille dollars d'amende. Ces deux individus avaient été les deux premiers mineurs condamnés pénalement sous le régime du Computer Fraud and Abuse Act.

Mais ces actes de bravoure, pour l'époque, avaient fait des émules. Le General Accounting Office décelait chaque année plus de deux cent cinquante mille attaques de hackers sur les sites de la Défense. Et Bill Mahlman tremblait encore de rage à la seule évocation de ce terrible 29 décembre 1996, lorsque la page d'accueil du site de l'US Air Force s'était transformée en collection de clichés pornographiques, aussi divers que variés. Pendant vingt-quatre heures, ils avaient dû débrancher le Defense Link, regroupant l'ensemble des sites de la Défense nationale, pour s'assurer qu'il n'y avait pas d'autres brèches dans le système.

Des têtes étaient tombées ce jour-là. La sienne y avait échappé de justesse mais il savait que l'histoire pouvait resurgir à tout moment et qu'aucune erreur ne lui serait pardonnée. Aussi le commandant Bill Mahlman prenait-il sa mission très au sérieux, bien que le contenu du site visé n'atteignît pas, pour l'instant en tout cas, l'ignominie des sites nazis ou pédophiles qui pullulaient dans les bas-fonds du Net.

Sur l'immense écran principal, les images du jeu défilaient toujours. Cela faisait déjà trois minutes que WIN DOS tournait et il n'allait pas tarder à venir à bout de ce satané site.

— Combien de demandes de connexions avons-nous envoyées ? demanda le commandant à la septième minute.

— Trente-sept millions huit cent mille.

Il fallait encore attendre quelques minutes…

— Et maintenant ?

— Cent quarante-cinq millions et des poussières.

Sur l'écran principal, le jeu continuait toujours.

— Commandant. Je viens de recevoir un appel de l'Union des familles américaines vertueuses pour la défense de la morale chrétienne. Leur forum de discussion a explosé, et leur site n'est plus accessible, annonça l'un des brigadiers.

— Idem pour la Ligue républicaine contre le chaos social, dit un autre, inquiet.

— CBS nous fait savoir que leur forum sur l'émission *The Good One* vient également de sauter, dit un troisième, gêné.

— Je vois, dit le commandant. Ce fils de p… a réussi à dévier nos attaques. Attendez !

De nouveau le silence se fit dans l'énorme salle des opérations de la Brigade informatique du FBI. L'écran principal affichait maintenant le message « Chers spectateurs, veuillez nous excuser pour cette interruption momentanée de nos programmes. »

Ce fut une explosion de joie et d'autosatisfaction qui inonda la salle. Tout le monde se félicitait comme après la mise en orbite réussie d'un nouveau satellite.

Mais ces effusions prirent brutalement fin à la lecture du message suivant : « Message personnel au commandant Bill Mahlman ! »

Le gigantesque écran diffusait maintenant une animation grotesque dans lequel le visage grossièrement détouré du commandant (extrait d'une illustration d'un journal dont il avait fait la une) remplaçait celui d'une femelle chimpanzé subissant les assauts vigoureux d'un mâle dominant.

9

Depuis la veille au soir, le centre de gravité de la famille Atherton s'était déplacé du salon et de sa Sony 16/9 à écran plasma, au bureau, devant le bon vieux PC et son moniteur 17 pouces.

Ils s'étaient relayés toutes les deux heures afin de suivre l'évolution de leur fille Tracy au sein du jeu tout en économisant leurs forces pour les heures et jours à venir.

Ils avaient toute confiance en leur adorable bébé pour tenir bon, le temps que la police et le FBI agissent. Mais fallait-il vraiment qu'elle porte des shorts si courts et des bodys si moulants ?

Dans leur appartement, les candidats se réveillaient péniblement. Le petit déjeuner se déroula dans une atmosphère plutôt tendue. Les premières nominations approchaient. Lorsque Chuck, tout en enjambant le dossier de sa chaise pour s'asseoir, posa son café au lait sur la table, il ne se doutait pas qu'il allait être à l'origine d'un conflit qui occuperait le groupe tout le reste de la matinée. Sa maladresse avait été telle que plus d'un tiers de son bol se répandit sur le short de Jamie. Dans un hurlement d'effroi et de douleur, celle-ci fit un bon en arrière et bouscula Andrew, qui se mit à geindre à son tour.

— Tu m'as brûlée, espèce d'abruti ! Ah, ça brûle ! J'ai mal ! Oh non, je vais avoir une cicatrice ! hurla Jamie à l'adresse de Chuck.

— Elle m'a massacré le pied, cette gourde ! dit Andrew « le romantique » le tenant à deux mains dans un équilibre précaire.

— Oh toi la lopette, ça suffit ! lui répondit Chuck, soudainement très énervé.

— Mais faites quelque chose ! Vous voyez pas que je souffre ? lança Jamie, qui voyait que l'attention du groupe commençait à lui échapper.

— Attends, calme-toi ! tenta Heather.

Jamie ne voulait rien entendre et fusillait toujours Chuck du regard. Mais Chuck, et ses quatre-vingt-quatorze kilos de muscles, n'allait pas se laisser impressionner par ce qu'il considérait comme une blondasse hystérique et se mit à sourire bêtement en la regardant.

— Et en plus ça le fait marrer, ce connard ! s'exclama Jamie.

— Attends, répète un peu pour voir ? dit Chuck en se levant de sa chaise d'un air menaçant.

Un lourd silence s'installa dans la pièce, finalement brisé par Donna « la rebelle », qui éclata de rire.

— Bon allez, ça suffit, tout le monde se calme ! retenta Heather.

— Toi, on t'a pas sonné, OK ? lui répondit Chuck, touché dans sa virilité par le rire de Donna.

Et ainsi de suite, sous le regard éberlué de Bruce « mal dans sa peau » Bradburn, qui se sentait au milieu d'une assemblée d'aliens visiblement hostiles. Finalement, Jamie accompagnée d'Heather alla s'enfermer dans la salle de bains pour rafraîchir sa cuisse et l'enduire d'une crème salvatrice. De son côté, Chuck, la rage au ventre, battit tous ses records au simulateur de ski de fond. Les autres se relayaient au confessionnal pour évoquer leurs sentiments sur l'incident qui venait de se produire et qui allait probablement jouer un rôle décisif pour les premières nominations.

10

Le fiasco de la Brigade informatique n'arrangeait pas du tout les affaires de Clara. Outre le fait qu'il était pour l'instant impossible de censurer le site de l'émission, il fallait trouver un successeur au commandant Bill Mahlman, en forte baisse de crédibilité depuis son dernier échec. Cela ne manquerait pas d'entraîner des pertes de temps considérables. Pire encore, l'affront fait à la Brigade informatique, observé en temps réel par des centaines de milliers d'internautes et dont les médias faisaient déjà leurs choux gras, avait très certainement contribué à rendre plus sympathique l'image des ravisseurs.

Parallèlement, les recherches sur le van noir n'aboutissaient pas. Aucun numéro de plaque n'avait été relevé. C'était le type de véhicule que l'on peut facilement louer sous un faux nom et maquiller ensuite.

Pour le jacuzzi, on avait retrouvé une commande récente chez un vendeur de San Marino, réglée en espèces sous un faux nom. Le client avait commandé par téléphone et fait envoyer personnellement une camionnette pour effectuer la livraison. Impossible de savoir où celle-ci s'en était allée. Le simulateur de ski de fond était un modèle vieux de trois ans, qui pouvait avoir été acheté d'occasion à une salle de sport qui renouvelait son matériel fréquemment ou encore à un riche particulier trop présomptueux.

Quant à l'appartement, des plans circulaient sur le réseau des architectes, au cas où. On analysait l'ambiance sonore sans plus de résultats du fait du double vitrage. Les conversations des participants n'apportaient pas non plus de nouveaux éléments. Sans doute les conditions de leur départ avaient dû être évoquées au début, mais les vingt-quatre premières heures n'avaient pas été montrées, mis à part le petit résumé de présentation. Et l'émission était diffusée avec un léger différé, ce qui devait être fait dans le but de censurer tout indice si l'un des candidats manquait de discrétion.

Il restait un maigre espoir du côté des micros, et les enquêtes du voisinage et des amis des disparus devaient être approfondies.

Clara espérait beaucoup du rendez-vous avec Ray Kaufman, producteur et directeur du casting de *The Good One*. C'était lui qui, le premier, avait identifié les disparus comme des candidats éconduits de son propre jeu de télé-réalité. Sa secrétaire, Penelope, avait réussi à trouver quelques minutes à consacrer à la police dans son emploi du temps. Clara prit Santa Ana Freeway vers le nord, puis Hollywood Freeway vers l'ouest. Au 7800 Beverly Blvd se dressait la gigantesque tour des studios de CBS. Au loin, les collines étaient perdues dans le smog.

Accompagnée par la divine Penelope jusqu'au bureau

du directeur de casting, Clara se retrouva dans une pièce de plus de 120 m^2, couleur crème, à la moquette profonde et moelleuse. Une odeur de cigare imprégnait fortement l'air, malgré les louables efforts du gigantesque ventilateur suspendu au plafond boisé. Par réflexe professionnel, Ray Kaufman examina la démarche de Clara le long du parcours jusqu'à son bureau en ronce de noyer. Déterminée, mais féminine. Il se leva en lâchant un « enchanté de faire votre connaissance » de rigueur et lui tendit la main. Clara la serra d'une façon qu'elle trouva un peu trop énergique, mais cela ne perturba pas l'homme aux cheveux gris et au regard d'un bleu perçant. Il se rassit doucement, omettant de lui proposer un siège. Encore un réflexe professionnel. Clara se retrouva debout devant le bureau, un peu décontenancée. Après quelques secondes de flottement, elle décida de prendre place sur l'un des canapés de cuir bordeaux, sur le côté du bureau.

— Désolé pour ce qui est arrivé à votre Brigade informatique, lui lança Ray, un petit sourire au coin des lèvres.

— Merci de votre amabilité, Monsieur Kaufman. Monsieur Kaufman, les disparus…

— New Jersey ?

— Exact ! répondit Clara, surprise par tant de sagacité et un peu mal à l'aise.

Elle était arrivée à Los Angeles deux ans auparavant et pensait avoir perdu totalement son accent un peu nasillard de la côte Est en à peine six mois. De fait, elle ne pouvait absolument plus se souvenir quand on lui avait fait cette remarque pour la dernière fois.

— Que faites-vous chez nous ? Je veux dire, vous ne devriez pas être affectée à New York ?

La voix était douce et la question se voulait seulement animée d'une saine curiosité. Mais Clara sentit que Ray jouait à un jeu qui allait l'amener à se retrouver à nu en moins de temps qu'il n'en fallait pour s'en apercevoir.

— C'est une longue histoire, Monsieur Kaufman, et je ne suis pas ici pour…

— Problèmes avec la hiérarchie, j'imagine. Ou quelque chose du genre. On choisit le côté de l'autorité pour ne pas avoir à la subir, mais un jour…

Clara commençait à comprendre pourquoi tant de candidats de casting finissaient par craquer en quelques minutes. Sa combinaison de moto ne lui était d'aucun secours. Elle se sentait maintenant complètement nue face à cet homme aux gestes lents, précis et au regard ensorceleur.

— Écoutez Monsieur Kaufman, des vies sont en jeu en ce moment même, et ce sont celles-ci qui doivent nous préoccuper.

— Si vous le dites, Mademoiselle Redfield.

— Lieutenant, je préfère ! Ou alors rien du tout, c'est encore mieux.

— Alors, allons-y. Je suis à vous, *Lieutenant*, dit Ray en sortant un Romeo y Julieta n° 2 de son coffret laqué.

— Monsieur Kaufman, les disparus ont tous participé à votre casting. Selon vous, est-ce que quelqu'un travaillant ou ayant travaillé avec vous pourrait être lié à cet enlèvement ?

— J'ai une parfaite confiance en mes collaborateurs. Leur seule ambition est de prendre ma place. Pas de finir leurs jours en prison pour séquestration, dit Ray, avant d'allumer son cigare d'une main dépourvue d'alliance.

— Il ne s'agit probablement pas de vos proches collaborateurs. Quelles ont été les personnes ayant pu être en contact avec les candidats au cours du casting ?

— Euh… eh bien pas mal de monde, en effet. Hôtesses d'accueil, psys, vigiles, personnel d'entretien, autres candidats, cameramen, perchistes, membres du jury du casting, scriptes, producteurs, coproducteurs, réalisateurs, assistants, assistants d'assistants, assistants d'assistants d'assistants… Je dois en oublier.

— Je vois. Et qui a pu avoir accès aux dossiers détaillés des candidats ? demanda Clara en se redressant sur ce canapé trop confortable.

— Le jury, les psys, les producteurs, les réalisateurs, les assistants, les ass…

— Excusez-moi de vous interrompre : qui composait le jury du casting ?

— Si je me souviens bien, les jeunes qui ont disparu participaient au deuxième casting. Celui de Los Angeles même. Aucun d'entre eux n'a été pris pour le troisième casting, qui réunissait toutes les grandes villes. Les membres du jury étaient Thomas Dourif, Patricia Ditkowski, Michael et moi-même.

— Michael ?

— Michael Lyle Segal. Un ami. Producteur exécutif.

— Les candidats enlevés se connaissaient-ils entre eux ?

— Je n'en ai aucune idée, répondit Ray en exhalant avec plaisir une épaisse fumée.

— Ont-ils des points communs marquants ?

— Je ne sais pas. Vous savez, on a eu plus de soixante

mille candidatures. Rien que pour Los Angeles. Alors, on est assez expéditifs. D'ailleurs, je n'en ai reconnu qu'un seul quand je les ai vus aux informations. C'était la fille, là, heu…

— Heather, Donna ? Non, ce n'était pas Donna…

— Ah ! une vraie tigresse celle-là, d'après ce que j'ai vu, dit Ray avec une lueur d'admiration dans les yeux. Mais non, ce n'était pas elle…

— Tracy, Jamie…

— Voilà ! Tracy, c'est ça ! Elle m'avait tapé dans l'œil. Ce n'est qu'après que l'on s'est aperçu qu'il y en avait d'autres. Mais après tout, peu importe. Par contre, je peux vous dire que tous ne se sont pas présentés le même jour.

— J'aimerais avoir une liste de tous les employés de votre entreprise au moment de ce casting.

— Penelope va s'en charger. PENELOPE ? cria Ray à travers la pièce, laissant son interphone dernier cri reposer paisiblement sous un monticule **de** papiers.

— De manière plus globale, selon vous, Monsieur Kaufman, qu'est-ce qui a pu se passer ?

— Je n'en ai aucune idée mais ce que je sais, c'est que le responsable de ce bordel, pardonnez-moi, est tout simplement en train de couler notre émission. L'Audimat est catastrophique et les annonceurs commencent déjà à nous menacer. C'est de la concurrence déloyale et votre soi-disant Brigade informatique ne fait rien pour arranger les choses. Notre forum sur *The Good One* ne marche que par intermittence et encore, on y parle quasiment que de cette satanée émission. J'espère vraiment que vous allez arrêter ça le plus vite possible, dit Ray en balayant nerveusement quelques papiers sur son bureau.

Clara avait touché au point sensible et Ray ne semblait pas en savoir beaucoup plus. Il était temps de prendre congé.

— On y travaille, Monsieur Kaufman. Bien que pour d'autres raisons. Merci de m'avoir accordé un peu de votre temps.

Ray se leva de son fauteuil et la raccompagna en reprenant peu à peu son calme.

— J'espère que vous me pardonnerez si je vous ai paru un peu à fleur de peau, Lieutenant Redfield. Mais j'attends pour la semaine prochaine un contrôleur fiscal qui n'a qu'une envie, celle de me… Non, je préfère m'arrêter là. Je risquerais d'être grossier. Alors vous comprendrez qu'avec toute cette affaire, en plus, expliqua Ray.

Sur le pas de la porte, il planta une dernière fois ses yeux bleus dans ceux de Clara. En fait, ils étaient plutôt gris clair. Avec un petit quelque chose de Richard Gere.

— Penelope vous faxera le listing des employés dès que possible.

— Je m'entretiendrai avec certains d'entre eux par téléphone, dit Clara. Notamment les psychologues. Merci Monsieur Kaufman. N'hésitez pas à me contacter si vous vous souvenez de quelque chose de particulier.

— Je n'y manquerai pas. Au revoir, dit-il, avec délicatesse.

— Au revoir.

L'avait-elle entendu dire « Suivante ! », au moment où il referma la porte ?

Clara enfourcha sa moto et reprit la route de son bureau. Elle espérait arriver avant 14 heures, pour savoir qui serait nominé.

11

En regardant la fausse bûche rougeoyer dans la fausse cheminée de ce faux appartement, Heather se remémora la succession d'événements qui l'avait amenée jusque-là.

Tout d'abord l'appel au numéro payant pour s'inscrire à l'émission *The Good One*. Une voix synthétique lui avait demandé sa profession, son âge, son statut. Puis si elle souhaitait participer au jeu pour la célébrité, l'expérience humaine ou l'argent ? Après avoir hésité quelques instants entre les touches un et deux, elle pressa la deux. Le serveur vocal lui attribua un numéro d'identification, un lieu et une date de rendez-vous. Deux semaines plus tard, elle se présenta au casting. Bien qu'arrivée avec une heure d'avance, elle s'était retrouvée au milieu de trois mille personnes, toutes de Los Angeles.

Après six heures d'attente debout sous un soleil de plomb au milieu d'une file qui se bousculait, s'insultait, dans laquelle certains essayaient de décourager les concurrents en spéculant sur la difficulté des épreuves futures, elle entra enfin dans l'immense hall climatisé.

Là, une nouvelle queue l'attendait, rendue tout aussi pénible par la réverbération des clameurs et l'odeur nauséabonde de transpiration mêlée à celle des parfums bas de gamme. Dans le fond, une grande porte vitrée devant laquelle se tenaient cinq jeunes filles derrière un immense comptoir.

Une fois devant la porte, elle présenta son numéro d'identification, sa carte d'identité et ses photos. On lui remit en échange un contrat à son nom, en trois exemplaires, qu'elle signa sans même lire. Une grande blonde derrière le comptoir lui expliqua qu'elle s'engageait à ne rien divulguer du casting pendant un an et qu'elle cédait son image qui pourrait dorénavant être utilisée sur tout support, sans contrepartie financière.

— « D'accord, j'peux y aller maintenant ?

— Non Mademoiselle, vous avez oublié de parapher les pages. »

Puis elle entra dans une deuxième pièce où une autre foule l'attendait. Deux jeunes femmes callipyges laissaient passer les candidats par groupe de vingt, toutes les cinq minutes, comme à Disneyland. Dans la troisième pièce, une femme à l'air sévère vérifia ses contrats et l'invita à compléter un questionnaire. Son état civil rempli, Heather dut dire combien de temps avait duré sa relation la plus stable, à quand remontait sa dernière rupture, qui en avait pris la décision, jusqu'à quel stade elle avait poussé ses flirts, si elle était déjà sortie avec plusieurs membres du sexe opposé en même temps, si elle était une « night-clubeuse » endurcie, quelle était son émission télé préférée, son acteur ou actrice fétiche, ses croyances religieuses, ses goûts musicaux, ses tendances politiques, la personne qu'elle admirait le plus... jusqu'à ce que la sonnerie retentisse. Heather laissa sa place pour entrer dans un couloir. Une porte s'ouvrit et une jeune femme cria « Suivant ! »

Heather se précipita et se retrouva nez à nez avec une caméra. Elle dut se présenter puis l'interview commença : ses motivations, sa famille, ses relations avec les garçons. Avait-elle déjà eu des rapports homosexuels ? Se sentait-elle capable d'extérioriser d'éventuelles pulsions sous l'œil des caméras ? Si oui, jusqu'à quel stade ?

« Merci beaucoup, mademoiselle, vous pouvez partir ! »

Puis, plus rien. Pendant un mois. Enfin, un coup de téléphone. Elle était sélectionnée au deuxième casting. Une semaine plus tard, dans un lieu qu'elle devait tenir secret, elle se présenta, munie de son casier judiciaire vierge et de son test HIV négatif. Nouveaux contrats, nouveaux questionnaires. Et nouveau screen-test. Questions plus personnelles, plus indiscrètes. Improviser une histoire. Raconter quelque chose d'important. Faire rire. Attendre dans un couloir. Voir un psychologue. Parler de ses motivations, de la vie en communauté. Attendre encore puis passer devant un jury. Répondre à d'autres questions, chanter, danser, séduire.

Partir.

Après qu'elle avait quitté la pièce, une des personnes du casting était venue la rejoindre, l'air grave.

— Écoute Heather, je ne devrais pas te le dire mais, malheureusement, ton aventure s'arrête ici. Le jury ne t'a pas sélectionnée pour le dernier casting.

Elle éclata en sanglots. Il la prit dans ses bras.

— Tu sais, ce n'est pas de ta faute. Ils recherchent

des profils particuliers. Et puis, ils pensent que tu te sers d'une fausse carte d'identité pour cacher ton âge.

Elle préféra ne pas répondre. Le jeune homme regarda autour de lui et, sur le ton de la confidence, lui glissa :

— Je peux peut-être faire quelque chose pour toi.

— Ah oui ?

— C'est loin d'être au point mais la production travaille sur un autre concept d'émission.

— Quel genre d'émission ?

— Une émission pour le Net, beaucoup plus courte et avec moins de candidats. L'avantage du Net, c'est que le règlement sera plus souple. Les candidats pourront dire et faire ce qu'ils voudront, même parler de politique, sans aucune censure. Ce sera une production un peu moins grosse que celle de *The Good One*, évidemment, mais l'Audimat sera peut-être supérieur.

Elle sentait une lueur d'espoir. Ce projet semblait mieux s'accorder à sa personnalité.

— Je ne devrais pas te parler de tout ça.

Le jeune homme regrettait maintenant ses confidences et allait partir quand elle lui agrippa le poignet.

— Non, attendez. Vous vouliez me dire quelque chose.

Après quelques hésitations, il lui avait enfin dit :

— Si l'émission se fait, j'en serai le réalisateur. Et je pense que tu mériterais d'en faire partie.

— Oh merci, merci, merci !

— Attends, c'est loin d'être fait. Ne t'emballe pas. J'appuierai ta candidature mais je ne suis pas le seul à décider. Et puis, j'aurais mieux fait de me taire. Écoute

Heather, tu ne dois parler à personne de ce que je t'ai dit, ni à tes parents, ni même à ta meilleure amie. Ce sont des choses qui se savent très rapidement dans cette ville. Tu es la seule à qui j'en ai parlé et s'il y a des fuites, tu peux être certaine que ton téléphone ne sonnera pas. Tu dois jurer de ne rien dire.

— Je le jure.

— Et puis tu risques de te ridiculiser si, de nouveau, tu n'es pas sélectionnée.

— OK, je jure que je ne dirai jamais rien à personne, même pas à mes peluches.

— C'est bien. La seule chose que tu dois faire, c'est préparer des affaires pour une semaine dans un petit sac et le cacher. Ça commencera aux environs du début des vacances d'été. Les candidats sélectionnés seront prévenus au dernier moment et auront cinq minutes pour partir de chez eux. C'est la règle.

— C'est le plus beau jour de ma vie.

— Alors peut-être à bientôt ! Salut !

— Attends, tu ne m'as même pas dit ton nom !

— Tu peux m'appeler Dan.

Une semaine plus tard, elle reçut un coup de téléphone confirmant qu'elle n'était pas sélectionnée pour *The Good One*. Puis silence radio pendant plusieurs mois. Elle finissait par ne plus espérer grand-chose. Jusqu'à avant-hier, dans l'après-midi.

— Heather ?

— Oui.

— C'est Dan. Tu te souviens de moi ?

— Dan !

— Tu es où ?

— Chez moi, je regarde la télé.

— Toujours au 1523 Muierfield Road ?

— Toujours.
— Tu as des amis autour de toi ?
— Non, je suis toute seule. Ma mère devrait bientôt rentrer.
— Bon, c'est dommage parce que tu aurais eu une grande nouvelle à leur annoncer. Tu peux m'ouvrir, je suis devant ta porte ?
Elle s'était précipitée et Dan, en smoking et une énorme caméra sur l'épaule, lui annonça qu'elle était sélectionnée.
Elle bondissait et hurlait comme une folle. Puis Dan lui présenta l'homme qui était derrière lui, un peu plus âgé mais tout aussi sympathique.
— Je te présente Tom, ton personnal trainer. Il va tout t'expliquer du déroulement du jeu.
— Bonjour Tom.
— Bonjour Heather. Enchanté !
— Heather, je ne veux pas te presser mais on part dans cinq minutes. Tes parents sont prévenus. Ils sont d'accord. Mais ça n'a pas été facile de convaincre ton père.
Tout affolée, elle avait ramassé ses affaires personnelles, sa trousse de maquillage, un lapin en peluche. Tom lui expliqua que, comme dans tout jeu de télé-réalité, le règlement interdisait le moindre contact avec l'extérieur. Ni téléphone, ni e-mail. Aucun objet électronique ne pouvait être emporté : ordinateur portable, TV, lecteur DVD de poche, MP3, PDA, etc.
— Un vrai retour aux sources ! lui avait dit Tom en rigolant.
Et déjà le souci de bien passer à l'écran. Heureusement, elle venait d'aller chez le coiffeur. Elle

faisait découvrir sa chambre, son univers, sa famille sur les photos dans un état de surexcitation proche de l'hystérie.

— On est en direct?

— Non, pas encore. Mais ça servira à faire ton portrait. Ça y est, tu es prête?

— Vous êtes fous, j'peux pas partir comme ça!

— Allez, on t'accorde deux minutes.

Elle prit encore quelques affaires mais ça ne rentrait pas dans son sac.

— Hé, Heather, tu ne pars que pour une semaine!

— Oui, oui, je sais. Attendez, il faut que je prévienne mon frère.

— Désolé, tu connais le règlement. Inutile d'insister. Tes parents ont déjà dû le faire.

— Non, je suis la seule à avoir son numéro.

— Eh bien, nous le transmettrons à tes parents ou nous l'appellerons directement. À partir de maintenant, tu dois t'occuper de toi et de toi seule. Et il est plus que temps d'y aller. Pas d'injustice envers les autres candidats.

C'est ainsi qu'elle avait quitté la maison, ignorant tout du sort qui lui était réservé. Elle était montée dans un mini-van noir, aux vitres fumées, avec un logo sur le côté, un drôle d'œil, sans le barillet évidemment, que Dan retira discrètement avant de prendre le volant. Pendant que Tom lui expliquait le jeu et lui faisait signer les contrats, ils partirent chercher une autre candidate. Sur Sunset Boulevard, Dan lui montra Cameron Diaz qui montait dans sa Toyota Prius, voiture hybride démarrant à l'essence puis basculant sur un moteur électrique qui se rechargeait en roulant, symbole branché de la lutte antipétrole et donc antiterroriste selon certains préceptes en vogue. Puis ce fut la rencontre de Jamie, de Donna et ensuite de Tracy dans la voiture et le début de la compétition. Enfin l'arrivée dans le gigantesque studio, la rapide présentation aux trois garçons qui les attendaient, les derniers conseils et l'entrée dans l'appartement, sous l'œil des caméras. Une première soirée lui avait permis de nouer quelques liens avec Bruce, qui avait l'air un peu bizarre mais sympathique. Le lendemain matin, suite à l'affaire du café au lait, deux clans se formaient déjà. Jamie, Andrew et Donna d'un côté. Chuck, Tracy et Bruce de l'autre. Et elle, un peu au milieu. Et maintenant, il allait lui falloir choisir deux personnes à nominer. Comment faire ? Et si c'était elle qui se retrouvait désignée ?

12

À 14 heures, Clara se trouvait devant son ordinateur. Pour elle, le suspense était à son comble car elle n'avait pas pu assister aux nominations par chacun des candidats. Une voix avait demandé que tous se réunissent dans le salon pour les résultats. Les sept jeunes gens assis sur les canapés violets attendaient, le visage crispé.

« Les deux nominés sont : »

Clara s'imaginait la tension au sein des familles des disparus à cet instant.

« Jamie et Bruce ! »

« Oh non ! » s'exclama Clara, bien que n'importe quels autres prénoms eussent provoqué la même réaction. Mais là, tout devenait plus réel.

Bruce encaissa le coup sans laisser poindre la moindre émotion. Jamie par contre était sous le choc. Elle dévisageait un à un les autres candidats pour savoir lesquels étaient responsables de cette traîtrise.

La voix masquée enchaîna. « Vous devez préparer vos affaires car l'un de vous sortira ce soir, à minuit très exactement. Merci de votre attention. »

Jamie s'effondra.

— Mais qu'est-ce que je vous ai fait ? Qu'est-ce que je vous ai fait ? demandait-elle, les larmes aux yeux.

Tour à tour, les autres candidats se mirent à essayer de la consoler, principalement dans le but de s'attirer la sympathie du public.

Au bas de l'écran étaient superposées les photos des deux nominés : Jamie avec le numéro un, Bruce avec le numéro deux. On pouvait voter pour sauver l'un ou l'autre, à cinq dollars la voix.

Clara contacta la Brigade informatique du FBI et lui demanda d'observer les transferts d'argent à partir du site qui, jusqu'à présent, était gratuit.

Après avoir séché ses larmes, Jamie se leva dans un mouvement qui se voulait majestueux. En passant devant Chuck, qu'elle considérait comme le premier responsable de cette décision injuste, elle lui lança un regard mêlant mépris et défi. Elle alla s'allonger sur son lit et fixa le plafond pendant quelques minutes. Chuck, lui, était dans la chambre bleue à fumer une « cigarette » qu'Andrew lui avait roulée la veille. Dérangée par l'odeur de la fumée, Jamie alla le rejoindre. Mais sur le seuil de la porte, elle adopta une autre stratégie que le conflit frontal. Elle prit une position de star, le toisa légèrement puis calma le jeu. Tout en se confiant à lui, elle entreprit de mettre un peu d'ordre dans la chambre des garçons. Ramasser les chaussettes sales lui permit de dévoiler ses états d'âme, en même temps que son string sous son jean taille basse. Sans vraiment savoir ce qui était le plus efficace pour gagner la confiance de son ennemi. Puis elle s'assit sur son lit et lui proposa un massage. La volonté de Chuck étant provisoirement anesthésiée, il accepta. Jamie ne cherchait pas seulement à apprivoiser un concurrent dangereux pour elle, elle espérait que le public n'aurait pas le mauvais goût de briser une histoire d'amour naissante et qu'ainsi elle serait sauvée.

Clara observait cela d'un œil distrait, tout en étudiant la liste des employés du casting de *The Good One*, que Penelope venait de lui faxer.

Elle avait un peu moins de huit heures pour avoir une chance d'éviter le premier meurtre.

13

Pour l'édition spéciale de 20 heures, Steeve Kidney, journaliste vedette de Channel 6 News, s'était rendu au domicile de Rose Bradburn, la mère de Bruce « le mal dans sa peau », pour recueillir ses sentiments après la nomination de son fils.

— Madame Bradburn, croyez-vous que votre fils soit en danger de mort ou fait-il partie d'un jeu qui cherche à gonfler son Audimat en faisant du sensationnalisme ? demanda le journaliste en prenant l'air grave qu'il avait retravaillé le matin même dans sa salle de bains.

— Bruce a toujours le chic pour se mettre dans des situations compliquées. Mais là, il risque vraiment sa peau, ça j'en suis sûre, dit Mme Bradburn, assise dans son fauteuil recouvert d'une peau d'animal non identifiable, son fidèle Woofy à ses pieds.

— Pourriez-vous aider nos téléspectateurs à comprendre comment votre fils a pu se laisser embarquer dans cette histoire ? Étiez-vous au courant qu'il avait participé à ce casting ?

— Non, je n'savais pas. C'est terrible. J'aurais dû

m'en douter. Mais il me cache toujours ce qu'il fait. Je n'sais pas ce qui l'a poussé à se présenter à ce casting. En plus, il n'est pas fait pour la vie en communauté. Pourtant, je lui ai assez répété. Déjà aux fat camps…

— Votre fils allait dans des fat camps ! Je rappelle à nos téléspectateurs que les fat camps sont ces fameux camps de vacances pour adolescents victimes de surpoids et dont les méthodes expéditives ont déjà fait l'objet de plusieurs reportages poignants sur notre chaîne, expliqua le journaliste d'un ton affecté.

— Et alors ? répliqua Mme Bradburn, des flammes dans les yeux, tandis que son chien commençait à grogner d'une façon inquiétante.

— Non, c'est tout. Je vous en prie, continuez.

— Mais vous êtes en train de m'accuser. Mais c'est moi la victime dans ce *Biip*! Espèce de *Biip* d'enf… *Biip* de journaliste de mes *Biip*! criait Mme Bradburn en malmenant le journaliste à coups de programme télé.

— Mais, Madame Bradburn !

— Sortez immédiatement de chez moi avec vot'caméra de *Biip*! aboya-t-elle en essayant de retenir Woofy de sauter à la gorge parfaitement rasée du journaliste.

« Nous allons quitter Steeve quelques instants pour rejoindre Jennifer O'Brien, qui se trouve actuellement dans la maison de la famille de Jamie Temple, la deuxième nominée. Jennifer, vous m'entendez ?

— Oui, parfaitement. Je suis effectivement aux côtés de la famille de Jamie, de ses parents, mais aussi de sa voisine et meilleure amie : Tina. Madame Temple, c'est une nouvelle terrible qui s'est abattue sur vous à 14 heures ?

— Oui en effet, c'est… Excusez-moi, réussit à dire la mère de Jamie entre deux sanglots.

Elle essayait de reprendre de la contenance mais Jennifer O'Brien sentait que cela prendrait trop de temps.

— Nous comprenons, Madame Temple. Je vais peut-être me tourner vers votre mari. Monsieur Temple, vous me disiez tout à l'heure être certain qu'il ne s'agissait pas d'une mauvaise plaisanterie.

— Oui, je suis sûr que… que ce qui… que ce qui se passe est bien… Veuillez m'excuser, eut le temps de dire le père de Jamie avant de se moucher bruyamment.

— C'est bien compréhensible. Après un choc pareil. Tina, vous qui connaissiez également très bien Jamie, pouvez-vous… *Tina*? »

Jour 2

14

À minuit précis, les sept candidats étaient pour la deuxième fois assis sur les deux grands canapés du salon. Jamie « la bimbo » se trouvait avec Andrew « le romantique » et Donna « la rebelle », et tenait la main de son nouvel élu, le musculeux Chuck Bartoletti. Sur l'autre canapé, Bruce « le mal dans sa peau » était entouré de Tracy « la tentatrice » et d'Heather « la sensible », qui l'avaient rejoint presque par pitié pour équilibrer les forces. Jamie et Bruce avaient leur valise à leurs pieds, rendant la scène plus pathétique et humiliante. La voix masquée s'éleva dans le grand salon, à travers les haut-parleurs.

« On a reçu plus de trente-trois mille votes pour vous départager. Il est maintenant temps de savoir lequel d'entre vous va nous quitter. Jamie, Bruce, vous vous sentez prêts ? »

Les deux candidats acquiescèrent malgré eux. Bruce restait impassible tandis que Jamie était au bord de la syncope, broyant la main de Chuck.

« Le premier candidat à nous quitter est :

Ah, excusez-moi. J'ai oublié de vous dire que le

candidat sortant n'aura que deux minutes pour dire au revoir à ses amis. Après il ira rejoindre nos invités qui l'attendent sur le plateau et, déjà, ses premiers fans qui ont des centaines de milliers de questions à lui poser.

Allez, je ne vais pas vous faire souffrir plus longtemps.

Le premier candidat à nous quitter est : Jamie !

Jamie, tu n'as recueilli que 42 % des suffrages, ce qui fait tout de même près de quatorze mille personnes qui t'ont soutenue et que nous remercions chaleureusement. Je te laisse dire au revoir à tes amis. »

Jamie ne put retenir ses larmes. Elle était maintenant entourée de tous les autres candidats, à l'exception de Bruce, qui savourait sa victoire.

Après cette poignante scène de séparation, Chuck reçut un regard glacial de Jamie. Et dire qu'elle avait cru nécessaire d'embrasser ce salaud dans l'après-midi. Maintenant, il la répugnait. Avant de franchir la porte qui menait au couloir, Jamie fit un dernier signe de la main à chacun des chanceux candidats, en prenant bien soin d'ignorer Chuck. Puis elle ferma la porte, qui se verrouilla automatiquement.

Elle était dans un grand couloir blanc, totalement vide, à l'exception d'une caméra pendue au plafond. Le petit bruit de l'objectif qui tournait était le seul son qu'elle percevait dans ce couloir à l'ambiance feutrée, ouatée, calme, reposante. Elle savait que c'était comme quelques secondes de répit avant le bruit et la fureur qui salueraient son arrivée sur le plateau de télévision. Elle n'avait tenu qu'un peu plus de vingt-quatre heures dans l'émission. C'était beaucoup moins que les trois mois de Paris Hilton, son égérie. Mais enfin, elle n'allait pas se laisser démoraliser pour si peu. Jamie n'attendait pas la gloire (il fallait un certain talent pour cela), ni même la reconnaissance (il fallait du travail), mais plutôt une certaine forme de notoriété. En pensant à ses fans, elle remit ses longs cheveux blonds en place et franchit la porte au fond du couloir. « Tiens, un ascenseur ! Ah non, c'est plutôt une sorte de sas. Mais qu'est-ce que… »

Un homme court sur pattes et assez gras, vêtu de noir avec une cagoule sur la tête lui faisait face, les jambes écartées, tenant des deux mains un gros revolver.

Jamie n'eut pas le temps de voir qu'une dernière caméra filmait son visage ahuri lorsque la balle à tête en Téflon pénétra le front qu'elle venait de dégager.

Pour les spectateurs de l'émission, l'histoire de Jamie s'arrêtait là. La caméra avait cadré sa fin en plan serré, la laissant s'effondrer hors champ, avant de se déconnecter. Puis on revenait à l'intérieur de l'appartement où l'on spéculait déjà sur la nouvelle vie de Jamie.

Mais pour Ed Dahmer, c'était une autre histoire. Il enleva sa cagoule et, après avoir contemplé quelques instants son œuvre, se mit au travail. Il se souvenait d'une émission de télé dans laquelle une équipe avait suivi un jeune homme qui avait monté une entreprise de nettoyage de meurtres, suicides, overdoses, etc. On le voyait déplacer un matelas imbibé de l'urine d'un homme qui était resté huit jours allongé aux côtés de sa femme, qu'il avait préalablement assassinée. Une autre fois, il nettoyait une salle de bains dans laquelle une femme s'était tiré un coup de fusil et ironisait sur le fait que la police considérait son frère comme un propriétaire d'armes responsable.

N'empêche, on pouvait dire ce qu'on voulait sur l'émission à laquelle il participait, ici on n'allait pas jusqu'à montrer comment on fait pour nettoyer du sang ou détacher ce magma dégoûtant de cervelle, de cheveux et de bouts d'os brisés.

Après avoir remis le sas en état, il mit le cadavre de Jamie dans une housse, qu'il hissa péniblement sur son épaule. Il descendit dans son sous-sol. Là, il ouvrit l'un des deux immenses congélateurs et y déposa Jamie précautionneusement. En regardant le sac qui contenait les autres débris qu'il avait ramassés, Ed se jura d'utiliser un calibre plus petit la prochaine fois.

15

Pendant les minutes qui suivirent la mort de Jamie, ni Clara ni les autres officiers de l'unité des personnes disparues du LAPD ne purent prononcer autre chose que « Oh, mon Dieu ! » Sa fin avait été si rapide, si affreuse, si choquante. Et l'enchaînement avec la vision des autres candidats, plongés dans leurs mesquineries, totalement inconscients du danger qu'ils couraient, donnait aux images qui continuaient à défiler sur l'écran une couleur surréaliste, dérisoire et obscène. Quelle horreur pour les parents de Jamie que d'assister en direct à l'exécution de leur fille pour un jeu stupide et quelle claque pour le LAPD et le FBI, qui n'avaient pu empêcher ce meurtre ! Sans parler des médias qui allaient s'emparer de l'affaire et l'amplifier à l'infini…

Il était 2 heures du matin, et Clara était seule à l'étage. Il y avait tant de choses à faire. Il lui fallait oublier au plus vite que Jamie était morte, afin de se concentrer uniquement sur le ravisseur. Il y avait encore six personnes à sauver.

Mais c'était plus fort qu'elle. À chaque fois que l'on

retrouvait un disparu sous la forme d'un cadavre, quelque chose se brisait en elle. Même dans les cas qui paraissaient perdus d'avance, une étincelle naïve brillait dans son cœur jusqu'au dénouement de l'affaire. Il y avait toujours une chance, même infime, de sauver une vie, et il fallait se raccrocher à cette étincelle pour rendre la plongée dans les recoins les plus obscurs de l'âme humaine possible, à défaut d'être supportable.

La contrepartie de l'espoir était la désillusion. Retrouver un disparu, même mort, était important. La victime pouvait avoir une sépulture décente et, surtout, la famille pouvait enfin commencer son travail de deuil. Le problème était que les conditions même de la mort étaient la plupart du temps si sordides, si grotesques, si absurdes, que Clara y laissait souvent un bout d'elle-même. La violence, dans les grandes villes comme dans les provinces reculées, n'avait plus de limites. Les responsables étaient rarement des sadiques assoiffés de sang. C'était le plus souvent des oubliés de la société qui, un jour, avaient rompu le dernier lien qui les rattachait à l'humanité, leur dernier embryon d'amour-propre.

Certains, pris dans l'engrenage, finissaient par tuer la fille qu'ils venaient de violer, alors qu'ils n'avaient au début que la simple envie de passer une bonne soirée avec elle. D'autres tuaient pour voler un peu d'argent ou une carte de crédit pour s'acheter des habits à la mode ou des joujoux électroniques. D'autres encore agissaient par haine ou par vengeance pour des motifs tout aussi dérisoires.

Il n'y avait pas toujours la volonté, ou même la conscience de donner la mort. Parfois pas de raison claire, de but précis à ce geste. Ni même de regret. Il n'y avait rien. Absolument plus rien.

« Ça s'est fait comme ça », entendait-elle parfois, quand elle interrogeait un meurtrier.

Ils cachaient le corps dans des bennes à ordures, sous les décombres d'un chantier, dans les bois, au fond des fleuves, dans des congélateurs ou des cheminées. On les retrouvait le lendemain, quelques jours après, une semaine, des mois ou des années plus tard. Parfois jamais.

Avec Jamie, c'était la première fois qu'elle avait pu suivre les dernières vingt-quatre heures d'une disparue et, surtout, assister à sa mort. Cette histoire n'avait rien de comparable avec tout ce qu'elle avait déjà connu.

Clara avait toujours eu depuis le début de sa carrière des taux de réussite dans ses enquêtes largement supérieurs à ceux de ses collègues, même plus expérimentés. Et cela bien qu'on lui donnât au fur et à mesure des missions de plus en plus complexes. Mais beaucoup de personnes disparues étaient mortes depuis le début. Et pour les quelques dizaines qu'elle avait pu retrouver vivantes, après des fugues ou des kidnappings, parfois arrachées des mains de leur ravisseur, combien y avait-il de victimes innocentes déjà passées de l'autre côté ?

Chacune de ces victimes s'entassait dans son âme et dans sa tête. Chaque nuit, même quand elle s'efforçait de penser à autre chose, son cerveau passait en revue, de manière inconsciente, toutes ces personnes disparues à jamais. Cela allongeait la durée de son endormissement et raccourcissait de plus en plus ses nuits. Elle avait déjà consulté plusieurs psychologues ou psychiatres, au sein de la police comme en privé, pour ses troubles du sommeil. On lui conseillait toujours de prendre du repos ou des pilules. Elle avait essayé les pilules, avant d'abandonner. Mais ce qu'elle redoutait le plus, c'était que ces injustices dont elle était le témoin finissent par transformer peu à peu sa révolte en désenchantement.

Clara rentra chez elle à vive allure, rejoindre son minuscule appartement de Culver City, à quelques kilomètres de la plage de Venice. Elle se sentait parfois coupable de ne pas habiter plus près de son lieu de travail, mais elle savait que sa santé mentale en dépendait. Elle avala son Martini-gin, un peu plus rempli qu'à l'accoutumée et se jeta dans son lit. Il était presque 3 heures du matin. Elle mit le réveil pour 6 heures.

16

Après le terrible silence dans les millions de foyers qui avaient suivi en direct la mort de la petite Jamie, la fébrilité qui enflammait les animateurs et animatrices des principales chaînes de télévision jurait de manière saisissante.

Les équipes de rédaction qui, jusqu'à présent, s'étaient montrées dans l'ensemble plutôt hésitantes, voire sceptiques, quant au crédit à porter aux menaces qui planaient sur la tête des sept jeunes candidats, avaient d'une seconde à l'autre changé leur fusil d'épaule. On tirait maintenant à boulets rouges sur la police, qui n'avait pas agi assez rapidement malgré les preuves désormais évidentes que cette affaire n'était pas une petite plaisanterie.

Dans le *bocal*, la salle de rédaction tout en verre de la chaîne ABC, la séance matinale de brainstorming tournait au règlement de comptes. Certains journalistes jugeaient ne pas avoir été écoutés et considéraient que leur retard sur leurs concurrents dans la couverture médiatique de l'événement était maintenant presque irrattrapable.

CBS et NBC se disputaient l'exclusivité, ou tout du moins la primauté de l'interview des principaux policiers en charge de l'affaire, tandis que CNN réclamait un communiqué officiel de Clara Redfield pour son journal du midi.

Mais c'est chez Channel 6 que l'on prenait vraiment la mesure de l'événement. Ainsi on envisageait sérieusement de consacrer une importante partie du temps d'antenne à la diffusion de l'émission *The Last One*, dans le but d'obtenir des informations du plus grand nombre de témoins et d'aider la police. Et, par ailleurs, de flirter avec un Audimat dont la chaîne n'aurait jamais osé rêver. Parallèlement, on organiserait une émission spéciale avec tous les parents des candidats sur le même plateau afin de faire avancer l'enquête et de recueillir en direct la réaction de ceux dont l'enfant serait nominé. À neuf voix contre deux, le projet fut adopté et les parents furent immédiatement appelés et convoqués pour le lendemain midi. Presque tous acceptèrent mais Mme Bradburn, la mère de Bruce, imposa que l'émission ne soit pas présentée par Steeve Kidney. Et refusa même que Steeve Kidney pose des questions en duplex. Et il fallait veiller à ce qu'aucune question posée par le présentateur ou la présentatrice qui remplacerait Steeve Kidney n'ait été rédigée, de près ou de loin, par Steeve Kidney. Ce grossier personnage. Pour le moins.

17

Pour réussir dans le cinéma, lorsque l'on veut engendrer de gros bénéfices mais que l'on ne dispose que d'un budget dérisoire, le mieux est encore de réaliser un film d'horreur.

La Nuit des morts-vivants, filmée par George A. Romero avec une caméra noir et blanc de reportage en 1967 pour soixante mille dollars, passa en moins de deux ans des drive-in de Pennsylvanie au Museum of Modern Art de New York, et engrangea des bénéfices records.

En 1974, les recettes de *L'Exorciste* de William Friedkin dépassent celles du *Parrain*.

Sam Raimi, avec ses trois cent cinquante mille dollars investis dans *Evil Dead*, présenté au Festival de Cannes en 1982, en a rapporté mille fois plus. Aujourd'hui, il est producteur de séries télévisées et réalise d'énormes succès comme la série des *Spiderman*. Peter Jackson, responsable des joyeusement repoussants *Bad Taste* et *Brain Dead*, triomphe avec sa trilogie du *Seigneur des Anneaux* et son remake de *King Kong*. Dans son premier film, *Driller Killer*, Abel

Ferrara, le réalisateur de *Bad Lieutenant*, joue lui-même le rôle d'un artiste new-yorkais sans le sou, qui massacre des innocents avec une perceuse électrique... Alfred Hitchcock, David Lynch, David Cronenberg, Brian de Palma, Ridley Scott, Roman Polanski et même Steven Spielberg ont connu le succès grâce au genre. *The Blair Witch Project*, réalisé avec des bouts de chandelle par trois étudiants en cinéma, détient le meilleur ratio recettes/budget de tous les temps.

Après tout, les émissions de télé-réalité utilisent presque le même scénario qu'un slasher[1] bas de gamme : des adolescents, dont les préoccupations principales sont la fornication, la consommation d'alcool et de drogue douce (ce qui n'était pas prohibé dans *The Last One*, voire même encouragé), éliminés, les uns après les autres. On n'était pas très loin d'un quelconque *Vendredi 13*. Le luxe était qu'ici on pouvait choisir le prochain éliminé. C'est avec ce raisonnement que Stanley Cardin avait mis au point son émission.

Il avait huit ans lorsque son père, informaticien, décida de quitter son poste à Paris pour venir s'installer à Los Angeles, à la poursuite du rêve américain.

Après de brillantes études secondaires, Stanley avait intégré l'USC School of Cinema and Television, la meilleure école de cinéma des États-Unis, parrainée par Spielberg, Lucas et Zemeckis pour les plus célèbres. Pourtant, à sa sortie, il ne put trouver de travail que dans de sordides émissions de télé-réalité, passant d'un poste à l'autre. Cadreur au début, puis monteur et ensuite assistant réalisateur, il était apprécié pour sa

1. Sous-genre cinématographique, popularisé par le *Halloween*, de John Carpenter, en, 1978.

compétence et ses idées, mais se sentait de plus en plus écœuré. Ses rêves de cinéma s'envolaient au fur et à mesure qu'il enchaînait de dégradants travaux de commande. Un moyen de s'en sortir était de financer lui-même son premier film, mais cela demandait énormément d'argent. Jamais un salaire, même de réalisateur d'émissions télé, n'aurait pu suffire et il décida de s'orienter vers la production. Il trouva rapidement un premier poste d'assistant de casting, pour un nouveau jeu de télé-réalité : *The Good One.*

C'est alors que l'idée a germé.

Un des candidats, Chuck Bartoletti, venait à la demande de la production de simuler un orgasme. Dans l'intonation de sa voix, Stanley sentait l'incroyable volonté que Chuck déployait pour se vendre au jury. On lui aurait demandé de se mettre nu et de danser *La Macarena*, Chuck l'aurait fait sans sourciller. Stanley avait alors senti un sentiment puissant et étrange monter en lui. Une incroyable envie de voir mourir cet éphèbe surbronzé, body-buildé et parfaitement épilé, dont le regard bleu transparent donnait une idée du vide intersidéral.

Il imagina alors un jeu dans lequel les candidats seraient *réellement* éliminés. Au sens propre du terme. Par curiosité intellectuelle, il étudia sa faisabilité. Son premier problème était le budget. En supprimant les frais de casting, de publicité et le salaire du présentateur, on faisait déjà de grosses économies. Pas besoin non plus de prime time en direct avec des invités aux cachets exorbitants. Restaient à trouver un grand appartement et une vingtaine de caméras vidéo. Après, il suffisait de diffuser le tout sur Internet.

Il songea alors que l'aide d'un associé lui serait précieuse et pensa immédiatement à Lloyd Towles, un collègue de son père. Lloyd avait été membre du légendaire Legions of Doom, le premier groupement de hackers aux États-Unis, fondé en 1984 à peu près en même temps que le Chaos Computer allemand. Lloyd s'était ensuite assagi et était entré dans la Silicon Valley en tant qu'architecte informatique et réseau. Il était alors devenu développeur, puis consultant en stratégie Internet. Quelques années plus tard, il avait fondé sa propre start-up, qu'il avait revendue au sommet de la bulle spéculative. Depuis, il vivait de ses royalties dans une superbe villa près de Glendale, sur les collines sauvages du nord de Los Angeles. C'est Lloyd qui lui avait fait découvrir la cocaïne, quand il avait dix-sept ans. Ils étaient devenus amis.

Un après-midi, Stanley lui fit une visite surprise et lui exposa son idée. Lloyd passa de la stupéfaction à l'incrédulité et, après avoir pris conscience qu'il ne s'agissait pas d'une blague, de la consternation à l'écœurement.

— Tu sais Stanley, si tu veux, le Dr Grüberg pourrait t'aider. Je le consulte régulièrement depuis mon divorce et c'est vraiment quelqu'un à qui tu peux tout dire.

Stanley regarda son ami longuement dans les yeux, jusqu'à ce qu'un silence gênant s'installe.

— Écoute Lloyd, j'apprécie vraiment que tu te préoccupes de ma santé mentale. C'est très gentil de ta part mais ce n'est pas ce que j'attends de toi. Cette idée me paraissait complètement folle à moi aussi quand elle m'est venue à l'esprit la première fois. Mais tu verras, on s'y fait. Je te jure qu'en rendant le site et les votes payants, il y a un gros, un très gros paquet de fric à se faire. Je savais bien que ce n'est pas ça qui t'intéresserait mais ce qui me déçoit, c'est que tu n'aies pas pris conscience du défi technique que cela représente. Tu dois faire un site capable de résister aux meilleurs officiers de la Brigade informatique et qui pourra diffuser les images 24 heures sur 24 pendant une semaine, le tout sans se faire repérer. Je ne sais même pas si c'est possible mais je ne connais qu'une personne qui m'en paraisse capable. Et c'est toi !

— Et qu'est-ce que tu fais de tes six gamins avec leur petite balle dans la tête ? demanda Lloyd.

— Parce que tu crois que les productions dites normales se préoccupent plus de l'avenir de leurs candidats ? Regarde, est-ce que tu peux me citer trois noms des anciens participants du premier *Big Brother* ?

— Hmm...

— À la limite, on leur épargne la souffrance de se sentir oubliés petit à petit, de retomber dans l'anonymat auquel ils ont tant cherché à échapper, dit Stanley.

— Mais, putain, il s'agit de meurtres, Stanley ! De meurtres, tu m'entends ?

— En mourant au sommet de leur gloire, ils deviendront des mythes !

— N'importe quoi !

Stanley était rentré chez lui, sûr d'avoir tout de même éveillé l'intérêt de Lloyd avec son histoire de défi technique. Trois semaines plus tard, la chute de la valeur de ses stock-options à cause du e-krach et les exigences de son ex-femme en matière de pension alimentaire aidant, Lloyd le rappela. Il ne cessait de lui dire que c'était un crime mais voulait quand même savoir comment il allait s'y prendre pour enlever les candidats. Stanley lui expliqua son plan plus en détail. L'instinct de sécurité de Lloyd prenait doucement le pas sur sa résistance morale.

Un mois plus tard, Lloyd proposait de prospecter afin de trouver un endroit sûr pour la réalisation du projet.

18

Le lendemain matin, Clara fit le point sur les derniers avancements de l'enquête. Le Bureau californien des véhicules à moteur de Sacramento avait fourni la liste de tous les mini-vans de couleur noire immatriculés dans l'État depuis les cinq dernières années. Avec le nom de leur propriétaire, date de naissance, adresse et casier judiciaire. Cette liste avait été intégrée à la base de données et comparée avec les possesseurs connus de micros Sennheiser MD 540, sans aucun résultat. Par contre, on avait retrouvé dans le fichier des détaillants une commande de dix de ces micros datant de moins de trois mois. Ils avaient été livrés par UPS dans un Motel 6 de Medford, Oregon, à une femme qui avait réglé en espèces à réception. Clara demanda que l'on obtienne un signalement plus précis de la femme et que l'on fasse transmettre le coupon de réception des micros au laboratoire criminel du SSI[1] pour y retrouver d'éventuelles empreintes.

Le Pr Nordheimer avait confirmé que les deux nou-

1. Service scientifique d'identification.

velles caméras, dans le couloir et à la sortie du sas, étaient du même modèle que les vingt autres. Le modèle avait été identifié et on cherchait à établir la liste des acheteurs. On faisait de même pour celles à infrarouges. Par ailleurs, un logo « Ø Productions » apparaissait de manière subliminale au cours du générique de l'émission. Les recherches à ce sujet ne donnèrent strictement rien.

Les témoins qui affirmaient avoir vu un mini-van noir devant le domicile de deux des disparus n'avaient pas vu de conducteur. Il n'y avait pas non plus grand-chose à retenir des centaines de milliers d'informateurs qui continuaient à inonder la centrale d'appels, avec un rythme exponentiel depuis la mort de Jamie.

Quant à l'argent des votes recueillis sur le site de l'émission (les tentatives de la Brigade informatique pour couper cette manne aux ravisseurs avaient pour l'instant échoué), on suspectait qu'il soit immédiatement placé en Bourse par des automates, investi en actions puis échangé en nouvelles actions un certain nombre de fois pour se noyer dans les milliards de transactions quotidiennes et empêcher toute traçabilité. Probablement par l'intermédiaire de une ou plusieurs sociétés écran. Les recherches furent lancées, sans aucun espoir de réponse rapide.

Le site de l'émission était par ailleurs devenu payant depuis le premier meurtre. Clara fit un rapide calcul. Le présentateur avait parlé de trente-trois mille appels pour sauver les candidats. À cinq dollars l'appel et en y additionnant les bénéfices des connexions au site depuis huit heures, le chiffre d'affaires de l'opération devait dépasser à ce jour deux cent mille dollars.

Clara prit une profonde inspiration en se redressant

sur son dossier et expira lentement en fermant les yeux. Elle essaya de faire le vide dans sa tête, mais l'image du visage de Jamie quelques centièmes de seconde avant sa mort lui revint brutalement. Ses tempes devenaient douloureuses et une rage mêlée de culpabilité montait dans son cœur. Elle ouvrit à nouveau les yeux. Quelque chose ne tournait pas rond depuis ce matin. On la regardait avec crainte et on cherchait un peu à l'éviter. Et puis il y avait eu ce sourire étrange de Martin Steel, un ponte du FBI, sous-directeur du bureau fédéral de L.A. Ouest si ses souvenirs étaient exacts. Spécialiste de la délinquance en col blanc. Ils s'étaient croisés, et il lui avait jeté un regard condescendant, alors qu'il refermait la porte du bureau du chef adjoint. Il fallait que quelqu'un paye pour l'échec de la veille et ça allait être elle.

Elle soupira à l'idée que le FBI ne pouvait s'empêcher d'ajouter des querelles internes dans les moments de crise. Et faire perdre ainsi un temps plus que jamais précieux. Elle envoya tout balader et se plongea dans les renseignements obtenus par les premiers interrogatoires des employés de l'émission *The Good One*.

19

Sur Channel 6, Jennifer O'Brien s'apprêtait à prendre l'antenne. La maquilleuse effectuait ses dernières retouches tandis que la coiffeuse l'aspergeait d'une laque fixante qui dégageait une douce senteur d'isobutane, propane, triacétine, glycérine, niacinamide, amodicéthicone, trideceth-12, copolymères d'acrylate, alcool dénaturé, extraits de violette et autres. En lissant une dernière fois les légers plis de son tailleur prune, Jennifer prit conscience de ce pourquoi elle avait été envoyée sur cette terre sordide. Tel un médium, elle devait déceler derrière les paroles et les non-dits de ses invités la tragique vérité de leur inconscient, pour la révéler aux téléspectateurs mais surtout, enfin, à eux-mêmes. Dans une séance d'exorcisme collectif, ils allaient mettre à nu leur douleur et, de cette souffrance fusionnelle, jaillirait peut-être la lumière qui permettrait aux agents du bureau fédéral de mettre fin à cette torture. À un autre niveau, elle savait qu'elle allait obtenir des moments *vrais* bien sentis, et cette idée lui fit gonfler sa poitrine engoncée dans son tailleur en tweed.

« Je suis prête », déclara-t-elle triomphalement, rejetant d'un geste dédaigneux les mains qui s'affairaient encore autour d'elle.

Jennifer O'Brien se dirigea vers sa chaise en verre teinté, aussi design qu'inconfortable, faisant auparavant le tour de ses invités, qui se levaient un à un, les fessiers déjà douloureux. Serrant les mains des pères dépités, embrassant les mères meurtries, échangeant des sourires se voulant compréhensifs et réconfortants et se risquant à quelques accolades quand elle le jugeait nécessaire.

« Ne vous inquiétez pas. Tout va bien se passer », leur dit-elle, oubliant momentanément que le principal facteur de stress de ses invités n'était pas leur participation à une émission télévisée, fut-elle particulièrement suivie.

Une voix venue de la régie la prévint : « Antenne dans une minute ! »

Jennifer ausculta une dernière fois ses grandes fiches bristol, assorties à son tailleur, les intégrant au plus profond d'elle-même, faisant corps avec ses questions.

« Trente secondes. »

Elle jeta un regard circulaire sur ses invités pour les sonder à nouveau et fit un signe en direction de la petite quarantaine de spectateurs qui composait son public.

« Cinq, quatre, trois », conclut l'assistant du régisseur, contorsionnant sa bouche pour articuler silencieusement et malgré tout distinctement le deux et le un.

« Ici Jennifer O'Brien pour cette émission spéciale de Channel 6, entièrement consacrée à ce terrible jeu de télé-réalité, *The Last One*, qui fait trembler l'Amérique depuis maintenant presque trente-six heures. Je suis entourée des parents des six candidats-otages, toujours retenus dans un lieu pour l'instant indéterminé. Mais avant de commencer l'émission, j'aimerais, si vous le voulez bien, que l'on accorde une minute de silence à la mémoire de Jamie Temple, la première victime du ravisseur actuellement recherché activement par la police et le FBI, ainsi qu'à sa famille. Celle de Jamie Temple bien entendu. Ses parents n'ont pas souhaité s'exprimer à ce sujet sur notre antenne et nous ne leur en tiendrons pas rigueur. Et maintenant, si vous le voulez bien… »

Jennifer O'Brien baissa la tête, consulta discrètement la trotteuse de son bracelet-montre Gucci et se plongea dans une profonde méditation. Quelque temps plus tard, elle ouvrit ses yeux. Quinze secondes s'étaient écoulées. Pas une de plus. Quelle grave erreur d'avoir parlé de *minute* de silence au lieu d'*instant* ! Elle avait déjà dû perdre un quart des téléspectateurs, qui avaient préféré zapper plutôt que de regarder des inconnus en train de se taire. Elle releva légèrement la tête. Du haut de la régie, derrière la grande vitre, le réalisateur visiblement surexcité lui faisait de grands signes des bras puis agita frénétiquement sa main droite horizontalement contre sa main gauche bien droite pour lui dire d'arrêter ce massacre d'Audimat.

« Merci. À présent, je vais vous présenter mes invités ! »

Jennifer en fit le tour, dramatisant avec brio la situation, essayant toutefois de contenir le potentiel d'émotion présent sur le plateau avant de lancer la pub.

« Juste après une courte pause, nous demanderons à nos invités leurs sentiments face à cette situation nouvelle, et en particulier comment ils ont perçu la mort de Jamie Temple. Vous pouvez nous aider à faire avancer l'enquête en composant, à tout moment, le numéro vert qui s'affiche au bas de votre écran, pour donner des indices ou poser des questions aux parents présents sur le plateau. Vous pouvez également nous joindre par Internet. Ne zappez pas, nous avons besoin de vous ! »

20

Ed Dahmer, dit le Bizarre, ne suivit pas les conseils de la belle présentatrice, sans doute parce qu'il n'avait aucune envie de l'aider à trouver le meurtrier de la petite Jamie Temple. Également du fait qu'il suivait simultanément un résumé du match de la NBA opposant les valeureux Lakers de Los Angeles aux terribles Grizzlies de Memphis, ainsi qu'une rediffusion d'un épisode de *Rick Hunter*, en lutte contre un membre des Crips, l'un des gangs qui sévissaient à Los Angeles aux côtés des Bloods depuis les années 80 et que lui-même avait côtoyé dans sa tendre jeunesse.

Il avait passé une bonne partie de la matinée à maquiller la trace d'impact que son magnum avait faite sur la porte arrière du sas. Après y avoir déposé un peu de mastic, il entreprit de la recouvrir d'une couche de peinture blanche. Mais un quart d'heure plus tard, il s'aperçut qu'une deuxième couche était nécessaire et c'est là qu'il déborda de presque trois centimètres. Il décida de faire un cercle autour du trou rebouché pour rendre l'ensemble plus naturel. Mais sa peinture était plus blanche que le fond du sas.

Il s'énerva et se retint de donner un coup de pied dans le pot. Puis il se mit à réfléchir, s'en alla allumer un stick au sous-sol et revint au sas, décidé à repeindre entièrement le mur du sol au plafond. Ce qui lui prit environ deux heures et demie.

Depuis un quart d'heure, il surveillait ce qui se passait dans l'appartement, tout en regardant un peu la télévision. Il pressa sa télécommande et retomba sur Channel 6, juste au moment où les invités réagissaient à la mort de Jamie.

« C'est horrible ! Qui peut faire une chose pareille ? Tuer de sang-froid une si jolie jeune fille qui n'avait même pas dix-huit ans… C'est monstrueux. Celui qui a fait ça mériterait… »

« Eh oui Michael, les Lakers emportent ce match avec une facilité déconcertante. Quel collectif dans leur jeu ! C'est incroyable ! C'est… »

« Parfaitement, Terry. Et je serais tenté de dire qu'hier soir, les Grizzlies n'ont pas fait plus de mal qu'un ours en pelu… »

Ed coupa le son du téléviseur et songea aux commentaires des invités de Jennifer O'Brien. Pour qui se prenaient ces gens qui le jugeaient sans même le connaître ? Pouvaient-ils savoir ce que lui ressentait en son for intérieur ? Étaient-ils si sûrs de valoir mieux que lui ? Cela dit, ils avaient raison sur un point : Jamie Temple était très jolie. Ed fit tourner légèrement son fauteuil de PDG sur son axe et jeta un regard de biais au gros congélateur qui contenait sa dépouille.

Il remit le son du téléviseur et revint sur Channel 6 qui diffusait à présent un montage de photographies d'enfance de Jamie, suivi de quelques images de vidéo familiale. Jamie à six ans, en vacances à Long Beach,

Jamie montrant fièrement ses cadeaux de Noël à la caméra, Jamie soufflant ses dix bougies avec ses petites copines. Il augmenta le volume et les notes déchirantes de l'adagio de Barber emplirent la pièce d'une ondée de nostalgie. La séquence se poursuivait par des images de la seule et unique journée de Jamie dans l'émission *The Last One*, avec des ralentis, des gros plans de son visage entouré d'un halo de lumière, et enfin un arrêt sur image suivi d'un lent zoom sur ses yeux qui s'achevait sur un fondu au blanc tandis que la caméra quittait les yeux pour partir sur le côté et vers le haut, et que les dernières notes de l'adagio résonnaient encore.

La voix de la présentatrice après ce spectacle émouvant dégoulinait d'hypocrisie et de compassion douteuse. Ed préféra éteindre momentanément le téléviseur. Le cœur empli de sentiments nouveaux et étranges, il se leva et se dirigea lentement vers le congélateur. Il passa ses gros doigts dans la jointure de la porte horizontale, inspira profondément et la souleva. Une fine vapeur blanche en sortit. Il fit apparaître Jamie en déchirant le sac plastique.

Que sa peau était blanche sous la lumière des néons!

Il décolla une mèche de ses cheveux pour recouvrir son front éclaté et contempla sa poitrine. Il n'en avait jamais touché. Ni même observé d'aussi belle, malgré les nombreux films spécialisés qu'il avait eu l'occasion de voir et de revoir. Il avança une main pleine d'envie et d'hésitation. Les larmes lui vinrent aux yeux quand il pressa le sein droit de Jamie, dont la silicone se déforma en crépitant.

C'est à ce moment précis que Stanley entra dans la pièce.

Ed referma précipitamment le congélateur, essuya ses larmes d'un revers de la main et fit mine de prendre une Budweiser dans le réfrigérateur attenant. Il se retourna en essayant de prendre un air aussi naturel que possible.

— Tout se passe bien, Ed ? Mais qu'est-ce qui vous arrive ? Allez-y mollo sur l'herbe, mon vieux. Vos yeux sont tout injectés de sang !

— C'est à force de fixer les écrans, patron, dit Ed d'une voix tremblante.

— Bien sûr, Ed, bien sûr. À propos, on parle de vous sur Channel 6.

— Et de vous aussi, patron…

— C'est vrai. Bon, j'y retourne. Faites quand même attention à votre consommation. Vous devez être parfaitement lucide pour ce soir.

— Vous inquiétez pas, patron. Je connais mon job. Je suis pro.

— C'est tout ce que j'attends de vous, Ed. C'est tout ce que j'attends de vous.

La porte se referma et Ed expira avec soulagement. Il jeta un dernier regard méprisant sur le congélateur. Il avait risqué gros à cause de cette petite allumeuse. Pendant quelques minutes, Ed scruta les vingt-deux moniteurs couvrant chaque recoin de l'appartement, prêt à intervenir immédiatement en cas d'événement anormal. Mais il ne se passait désespérément rien. Tous les candidats étaient assis en attendant nerveusement les nominations. Il ralluma Channel 6 pour voir si on parlait encore de lui.

21

À la demande expresse du réalisateur, Jennifer O'Brien s'était retrouvée affublée d'une oreillette. Elle était donc sous haute surveillance, le chef de publicité souhaitant à tout prix éviter un nouveau temps mort. Mais si la télévision est une grande ennemie du temps, elle sait être aussi le pourfendeur absolu de la pudeur. Et sur ce terrain, Jennifer O'Brien laissait peu de place à la concurrence.

« Madame Atherton, quand vous avez vu Jamie se faire abattre froidement sous l'œil des caméras, que pensiez-vous ? Que votre fille Tracy aurait pu être à sa place ?

« Monsieur Vaughan, nous avons eu de nombreux messages concernant votre fils Andrew. Pouvez-vous confirmer qu'il **est** dépressif ?

« S'est-il un jour confié à vous au sujet de son homosexualité latente ? À vous peut-être, Madame Vaughan ?

« Madame Sullivan, votre fils a fait une fugue il y a plusieurs mois et, aujourd'hui, votre fille Heather s'est jetée inconsciemment dans un jeu où elle risque sa peau. Quels sont vos sentiments ? Vous sentez-vous en partie responsable ?

« Madame Bradburn, votre fils Bruce ne paraît pas très populaire auprès de ses camarades. Comment expliquez-vous cette situation ?

« En ce moment tragique, qu'aimeriez-vous dire à vos enfants ?

« Madame Jackson, votre fille Donna est la seule personne de couleur participant à l'émission. Trouvez-vous cela normal ?

« Pensez-vous que le FBI pourra sauver votre fille à temps ?

« Monsieur Vaughan, plusieurs internautes nous ont confié avoir rencontré votre fils au cours de soirées disons, euh… spéciales…

« Si le ou les ravisseurs de votre enfant étaient en face de vous, que feriez-vous ?

« On a vu votre fils Andrew consommer des substances illicites. Étiez-vous au courant qu'il s'adonnait à ce genre de pratiques ?

« Monsieur Bartoletti, que pensez-vous de l'influence d'Andrew sur votre fils Chuck ?

« Madame Atherton, est-ce un dragon qui est tatoué au bas du dos de votre fille ?

« On me signale que les nominations vont avoir lieu dans quelques minutes… C'est un moment difficile pour vous. Avez-vous quelque chose de particulier à dire ?

« Nous avons réalisé un sondage auprès de nos téléspectateurs et des internautes qui suivent l'émission *The Last One*. Voici le classement, du plus au moins apprécié : 1 Tracy ; 2 Donna ; 3 Chuck ; 4 Heather ; 5 Andrew ; 6 Bruce. Madame Bradburn, une réaction ?

« Nous allons nous connecter quelques instants au site de l'émission pour avoir le résultat des nominations…

j'aimerais un peu plus de silence de la part de notre aimable public, s'il vous plaît.

« Monsieur et Madame Bartoletti, c'est une nouvelle terrible qui s'abat sur vous, ainsi que sur Madame Bradburn, qui, je le rappelle, voit son fils nominé pour la seconde, enfin je veux dire, la *deuxième* fois ! Il semble donc que, et nous en sommes terriblement désolés, les deux nominés du jour soient Chuck et Bruce. L'exclusivité de la réaction des parents des deux malheureux candidats, c'est juste après la pub !

22

Tandis que leurs parents, encouragés par Jennifer O'Brien, s'épanchaient sur le terrible sort qui les attendaient, pour les candidats survivants, c'était « l'éclate totale ».

Une fois les nominations digérées et Bruce reparti se coucher, l'ambiance redevint beaucoup plus légère.

Chuck, qui avait compris qu'il ne disposait que de quelques heures pour s'attirer la sympathie du public, se baladait seulement vêtu d'un string aux couleurs du drapeau américain. Déclenchant des crises de rire de la part des trois filles, ce qui semblait parfaitement lui convenir, Chuck enchaînait les positions de star du body-building. Il faut dire que son corps d'Apollon sous hormones ne souffrait aucun reproche, et que Chuck savait très bien que le rire était la principale défense d'une fille quand elle se sentait troublée. Ainsi il était certain d'avoir tapé dans l'œil de Tracy, très sexy dans son petit débardeur orange, et aussi de la petite Heather, dont il y avait cependant peu à espérer. Ce qu'il appréciait un peu moins, c'était le regard troublant d'Andrew « le romantique ». Mais quand Donna se permit de dire qu'elle doutait que ce qu'il y avait dans le string soit aussi gonflé que le reste, Chuck commença à moins faire le malin. Le coup était bas et Donna avait mis en plein dans le mille. Il est vrai que, malgré ses efforts, ce muscle était le seul qu'il n'arrivait pas à faire travailler sur de longues durées. Mais il n'était pourtant pas dans *Private Stars*, ce jeu de téléréalité produit par le numéro 1 mondial du porno, qui montrait des candidats mâles, en compagnie de cinq actrices confirmées, s'entraîner sans relâche dans le but d'obtenir un contrat pour un film pour adultes.

Pour ne pas perdre la face, Chuck comprit qu'il lui fallait réagir le plus vite possible. Il eut alors la brillante idée de transférer son propre embarras sur quelqu'un d'autre, et choisit naturellement la personne la plus faible du groupe : Bruce. Ce dernier entamait paisiblement sa deuxième heure de sieste lorsqu'il se vit subrepticement enlever le dernier rempart de sa dignité : son caleçon blanc à rayures noires. Celui du mardi. Chuck le fit tournoyer au-dessus de sa tête, avant de le lancer sur les filles qui piaillaient sur le pas de la chambre bleue. Elles reculèrent toutes trois dans un cri d'effroi et c'est Andrew qui prit sur lui la responsabilité de conserver le précieux objet. Bruce, quant à lui, luttait désespérément dans son sommeil contre des hordes de mutants polymorphes et cannibales.

Un peu moins de trois mètres en dessous, Ed Dahmer, les yeux rivés sur les moniteurs, était agité d'un rire sonore et convulsif.

23

Une atmosphère de plus en plus pesante régnait au sein de l'unité des personnes disparues de Los Angeles. Clara sentait son isolement grandir au fur et à mesure qu'elle poursuivait son enquête. D'étranges rumeurs semblaient circuler sans que personne n'ose lui en parler. Après qu'elle l'eut appelé pour vérifier un renseignement et remercié, l'officier de police Clegg était resté quelques instants sur le pas de sa porte, semblant vouloir se retourner pour lui dire quelque chose sans finalement y parvenir.

Ça sentait mauvais. La division des Affaires internes… Oui, ça ne pouvait être que cela. Elle avait connu cette ambiance délétère suite à l'affaire de la petite Shirley, quand elle travaillait pour la police de New York. Pour échapper à une rétrogradation administrative, elle avait dû partir. C'était ça ou une affectation aux Cambriolages. Quarante rapports par jour. Une vraie saloperie.

Clara décida de crever l'abcès et frappa à la porte du responsable de la division des Affaires internes, le chef adjoint Blackthumb[1]. Personne ne connaissait son véritable nom. Il était surnommé ainsi car il avait pour manie d'apposer l'empreinte de son pouce à côté de sa signature, lorsqu'il adressait un rapport capable de briser une carrière à la commission de la police. Ce n'était pas une précaution exigée, ni même nécessaire, mais plutôt une sorte de plaisir sadique. Blackthumb s'accommodait parfaitement de ce sobriquet.

En rentrant dans la pièce de trois mètres sur trois, à la chaleur étouffante, Clara eut l'impression d'interrompre Blackthumb en grande conversation avec le sous-directeur Martin Steel, du FBI, un homme de quarante ans bien tassés, sec et nerveux, aux cheveux noirs rigoureusement plaqués sur le côté, réputé brillant par certains et démesurément ambitieux par tous. Travail administratif et intrigues de bureau étaient ses domaines de prédilection.

— Ah, Redfield. Je me doutais que vous viendriez ! Venez vous asseoir un instant. Fermez bien la porte s'il vous plaît, dit Blackthumb, en masquant sa gêne. Au fait, je vous présente M. Steel, du FBI, sous-directeur du Bureau de Los Angeles Ouest. Je crois que vous ne vous connaissez pas encore.

La poignée de main fut rapide et glaciale. Il portait une chemise bleu ciel et un costard Armani bleu marine qui devait bien valoir dans les deux mille dollars.

Le chef adjoint ferma les stores vénitiens du petit bureau. Les inspecteurs de l'autre côté de la fenêtre baissaient les yeux tout en dressant les oreilles. Il jeta un regard furtif à la deuxième fenêtre, qui donnait sur

1. Littéralement « Pouce noir ».

le parking du commissariat, se rassit à son bureau et inspira profondément avant de reprendre :

— La situation est compliquée, Redfield. Très compliquée même. Entre l'échec de la Brigade informatique, le premier meurtre qui a déjà eu lieu et tout ce putain de tapage médiatique, certains pensent que, pour tout dire, la police a mal fait son boulot. Ce n'est pas ce que je pense personnellement. Et encore moins en ce qui vous concerne, croyez-le. Mais en haut lieu, et en particulier au Bureau et apparemment aussi au Département de la Justice, on pense, enfin… *certains* pensent que… enfin… qu'il vaudrait mieux que vous passiez la main. Voilà.

Un petit sourire fugitif passa sur les fines lèvres de Martin Steel et un lourd silence s'installa dans la pièce. La température venait brusquement de chuter bien en deçà des normales saisonnières. Blackthumb passa inutilement sa main sur ses cheveux ras et contracta ses puissants masséters. Puis il massa sa mâchoire trapézoïdale avant de gratter sa gorge after-shavée.

— Je ne voulais pas vous en parler car la nouvelle ne sera officialisée que demain matin, ajouta-t-il enfin.

— Pourquoi demain ? demanda Clara, qui sentait le piège se refermer.

Blackthumb se leva lentement de son bureau et prit position face à la fenêtre du parking, les mains croisées dans le dos, les sourcils froncés. Clara se demandait si c'était un effet de mise en scène ou s'il surveillait sa '68 LAPD Plymouth Belvedere. Il se tourna doucement vers elle :

— Eh bien, euh… disons que c'est ainsi que cela doit se passer. Votre successeur sera le sous-directeur Steel, ici présent. Même s'il n'entrera officiellement en fonction qu'à partir de demain, M. Steel me faisait part de son désir de prendre les choses en main le plus rapidement possible. Je pense que vous comprenez…

— Je pense surtout que je n'ai pas le choix.

— Non, en effet, trancha Steel. Désolé pour vous, agent Redfield, mais je crois qu'il est nécessaire de prendre cette affaire un peu plus au sérieux. Et de renouer avec l'efficacité.

— Qu'est-ce que vous sous-entendez, Monsieur le sous-directeur ? demanda Clara.

— Je ne sous-entends rien du tout. J'observe, j'analyse et j'en tire les conclusions. Depuis le début de cette affaire, nous avons à notre disposition une centrale téléphonique qui a maintenant collecté plus de huit cent mille appels. Quels éléments avez-vous retirés de cette base de données ? Croyez-vous que notre pays n'est composé que de plaisantins et de mythomanes ? J'ai lu dans votre dernier rapport que vous suspectiez les kidnappeurs de ne pas avoir quitté Los Angeles. Pensez-vous réellement qu'ils soient bêtes à ce point ? Je vous rappelle qu'il s'est écoulé plus de vingt-quatre heures entre le dernier enlèvement, celui de Tracy Atherton à Santa Monica, et le début de la diffusion de l'émission. Dans ce laps de temps, ils ont pu parcourir plus de mille miles, au bas mot. De plus, vous pensez que nous avons affaire à au moins deux hommes. Or nos logiciels de reconnaissance vocale ont formellement identifié la voix du présentateur comme celle d'une femme ! Je pense tout simplement que vous vous plantez royalement depuis le début, agent Redfield !

— *Lieutenant* Redfield, Monsieur le sous-directeur. Ou rien du tout, je préfère.

— Comme vous voudrez, *Lieutenant.*

— Monsieur Steel, nous avons tout de même obtenu certains résultats, fit remarquer le chef adjoint, surpris par la logorrhée du sous-directeur.

— Ce que je constate, c'est que le lieutenant Redfield enquête de manière routinière, comme un vulgaire policier, dans une enquête dont les enjeux la dépassent largement. Et qu'à l'heure actuelle les médias se servent de nous alors que c'est à nous de nous servir d'eux! Mais quelles conséquences avez-vous tirées de l'affaire O. J. Simpson? s'interrogeait Martin Steel en levant les bras au ciel.

— Excusez-moi Monsieur Steel, mais, malgré tout, je ne vois pas bien pourquoi le Bureau vient se mêler de cette affaire. L'initiative de votre Brigade informatique pour censurer le site, initiative dont l'intérêt m'échappe encore, s'est soldée par un échec retentissant. Et puis nous enquêtons sur des enlèvements à Los Angeles, sans la moindre demande de rançon, ce qui n'a donc rien de fédéral…

— Rien de fédéral! Rien de fédéral! Ah, elle est bien bonne celle-là. Remarquez, je m'y attendais, dit Steel en faisant des gestes grandiloquents tout en fixant Clara de ses petits yeux brillants comme s'il avait affaire à la dernière des demeurées.

» Écoutez-moi bien, Redfield, reprit-il. Faut-il vraiment que je vous rappelle la section 1201 (b) de l'article 18 du code fédéral de procédure pénale, qui stipule on ne peut plus clairement que: « Si la victime n'est pas retrouvée dans les vingt-quatre heures, après avoir été illégalement capturée, enfermée, forcée, attirée dans un piège, ravie, enlevée, ou…

Steel baissa son regard et claqua dans ses doigts pour faire venir la suite.

— … transportée contre sa volonté, il y a *présomption réfutable* que la personne ait été déplacée dans un autre État ou un autre pays », poursuivit Clara qui, elle, ne venait pas de relire l'article en question le matin même. Et tout est dans le *réfutable*, Monsieur le sous-directeur.

— Arrêtons ce petit jeu de dupes, Lieutenant Redfield, si vous le voulez bien. À ce stade, vous ne pourrez pas plus prouver que les victimes sont encore à Los Angeles que je ne peux prouver moi-même qu'elles ont quitté l'État de Californie. Mais, puisque nous en sommes aux confidences, laissez-moi ajouter ceci : nous sommes presque sûrs, pour ne pas dire parfaitement certains, que le meurtre de Jamie Temple était, en quelque sorte, une démonstration du pouvoir de tir de notre adversaire commun. Celui-ci dispose maintenant de six otages, d'une couverture médiatique qui grandit de minute en minute et de l'attention de l'immense majorité de nos concitoyens. Nous ne doutons pas qu'il se servira de cet extraordinaire pouvoir pour faire, tôt ou tard, pression sur le gouvernement. Ce qui a tendance à rendre certaines personnes plutôt nerveuses à Washington, si vous voyez ce que je veux dire…

« Washington ! » se dit Clara, dépitée. C'était bien son genre, à ce rat de bureau, de faire croire qu'il avait ses entrées dans le saint des saints. Steel avait sans doute à l'esprit les horribles enlèvements d'Américains, suivis de chantage et de décapitations, qui se multipliaient depuis la fin, unilatéralement proclamée, de la guerre en Irak. Ce qui n'avait – elle en aurait mis sa main à couper – strictement aucun rapport avec l'émission *The Last One.*

— Redfield, avez-vous quelque chose à répondre à M. Steel ? demanda le chef adjoint, qui tripotait nerveusement son coupe-papier.

Clara regarda Steel droit dans les yeux et fit un effort terrible pour surmonter sa colère. Cet abruti aurait complètement gagné la partie en la faisant passer pour une hystérique.

— Je ne partage pas vos raisonnements, pas plus que vos conclusions, mais j'espère pour les six candidats restants que vous ne vous trompez pas.

— Eh bien nous verrons, conclut le chef adjoint. À partir de maintenant, vous pouvez vous considérer officieusement sous les ordres du sous-directeur Steel.

Jour 3

24

Peu avant minuit, Ed Dahmer avait pris position à la sortie du sas. Pieds parfaitement parallèles, jambes écartées, genoux légèrement fléchis tel un karatéka en position du cavalier de fer, bras tendus, vêtu d'une combinaison noire de commando et toujours muni de sa cagoule trois trous. Ses mains ne tremblaient pas, son esprit était clair. Prêt à exécuter son « job ». Il tenait un nouveau revolver, dans lequel il avait mis de grands espoirs, et dont il connaissait par cœur toutes les caractéristiques techniques.

Le Smith & Wesson 647 en.17 Hornady Magnum Rimfire est un revolver à barillet tombant à simple et double action, d'une capacité de six coups. D'une longueur totale de 34,29 cm pour un poids à vide de 1,488 kg, le 647 dispose d'un très petit calibre tiré d'un très gros revolver. Son terrain de prédilection est la chasse au petit gibier en zone périurbaine ou en campagne à habitation dense (renards, ratons laveurs, racoons, oiseaux, écureuils à treize rayures, etc.). Sa portée maximale est de 3,3 km, si l'on en croit l'avertissement du fabricant. Le propulseur est une carcasse

K en acier inoxydable, avec un guidon Patridge noir goupillé sur une rampe, hausse réglable noire fraisée et taraudée pour le montage d'un rail, afin d'accueillir une optique. La détente est lisse et jaspée, à bords arrondis, de type Target. Le chien est large et parfaitement quadrillé sur toute sa surface.

La précision est excellente à courte et moyenne portée, avec un recul exceptionnellement faible.

Muni d'un silencieux, sa portée serait réduite, mais à la distance à laquelle Ed comptait l'utiliser (4,50 m environ), on pouvait espérer une exécution précise et surtout sans effusion démesurée de sang, avec les conséquences en terme de temps de nettoyage que l'on connaît. Utilisé sur Jamie, il aurait très certainement permis de conserver la partie supérieure du crâne, ce qui n'avait malheureusement pas été le cas avec son Colt Python.

Ed entendit les pas du nouvel arrivant se rapprocher.

Au mépris du sondage effectué par Channel 6, le public avait finalement accordé plus de voix pour sauver Bruce le paranoïaque que Chuck le culturiste. C'était donc ce dernier qui, à en croire le système auditif d'Ed, se trouvait maintenant juste à l'entrée du sas. Il n'avait plus que quelques secondes à vivre. Ed vérifia à nouveau la position armée du cran de sûreté, écarta et referma une dernière fois ses doigts autour de la crosse pour la maintenir plus fermement.

Lorsque la porte de sortie du sas s'ouvrit, Chuck crut qu'il était en face d'un technicien tenant dans ses mains une espèce de micro canon. La balle qu'il reçut entre les yeux, à la vitesse de 777 m/s, ne lui permit pas de développer plus avant ses réflexions. Chuck se tenait debout, l'air hagard, le sang commençant à couler le long de l'arête de son nez. Puis il fit quelques pas vers l'avant, avant de chanceler et de s'effondrer, les yeux toujours ouverts, son corps d'athlète agité de soubresauts involontaires et de spasmes interminables. En contemplant la lente et spectaculaire agonie de sa deuxième victime, Ed croyait communier avec son père spirituel, le tueur psychopathe Jeffrey Dahmer. Dans ce moment solennel, Ed comprit ce que Dahmer ressentit ce jour de juin 1978, lorsque, âgé de dix-huit ans, il avait retiré les organes internes d'un auto-stoppeur, avant de le dépecer dans les bois de Milwaukee.

25

Saúl Lopez était un de ces travailleurs latinos prétendument appréciés par Arnold Schwarzenegger, qui s'était lui-même rendu de nombreuses fois au Mexique pour les tournages de *Conan le destructeur*, *Predator*, *Total Recall* et *Dommage collatéral*, ainsi qu'il l'avait déclaré quelques jours après son élection triomphale au poste de gouverneur de Californie.

Depuis que sa voisine, Mme Bradburn, était venue le réveiller pour qu'il lui permette d'accéder à Internet et de suivre en direct la vie de son fils Bruce, Saúl Lopez prenait régulièrement de ses nouvelles par téléphone. Ce matin, avant de se rendre à son travail au Taco Bell de la 125e rue Nord, où il travaillait comme un enragé en compagnie de quelques wetbacks [1], il décida de lui rendre une petite visite de réconfort.

Mme Bradburn lui ouvrit, le visage pâle et l'air de ne pas avoir dormi depuis trois jours, ce qui était le cas.

— J'ai pensé à vous hier soir au moment du résultat,

1. Wetbacks ou « dos mouillés » : immigrés clandestins mexicains qui traversent le Rio Grande à la nage.

Madame Bradburn. Votre fils s'en est une nouvelle fois sorti.

— Oui, merci. C'était épouvantable. Je ne sais pas si je vais pouvoir tenir comme ça encore longtemps…

— Allez Madame Bradburn, ne vous découragez pas!

— Vous êtes gentil Saúl, vous voulez rentrer prendre un café?

— Non, non, je dois aller au boulot. Dans mon Taco Bell, il y a une petite télé. Plus personne ne cause et tout le monde écoute quand on parle de l'émission. On vous a vue hier sur Channel 6, vous étiez très… comment dit-on?… très digne. On est tous avec vous! assura Saúl en serrant vigoureusement le poing.

— Merci beaucoup. Désolée, mais je dois vous laisser. Il paraît qu'il y a un nouveau responsable de l'enquête au FBI et qu'il va faire une conférence de presse dans quelques minutes…

— Pas de problème, Madame Bradburn. Bon courage. Toute ma famille vous soutient. Que Dieu protège votre fils!

— Merci, Saúl. Merci beaucoup.

Mme Bradburn retourna s'effondrer dans le canapé et se remit à pleurer. Depuis hier soir, elle avait un étrange pressentiment. S'il devait y avoir une troisième fois, elle n'était pas sûre que son fils s'en sortirait. C'était son cœur de mère qui lui disait cela. Et il ne s'était jamais trompé.

Sa vie et celle de son fils étaient maintenant entre les mains de ce petit bonhomme aux cheveux plats, au costume parfaitement ajusté (trois cents dollars, au bas mot, selon Mme Bradburn), à la fine cravate noire et à l'air déterminé, qui prenait place derrière son pupitre recouvert de micros de télévision : M. Martin Steel, du FBI. Son discours était proche de la souffrance des familles, menaçant envers les kidnappeurs et il se disait prêt à frapper vite et fort. Il exhortait les ravisseurs à libérer leurs otages tant qu'il en était encore temps. C'était leur seule chance de s'en sortir avant l'intervention des brigades spéciales. L'étau se resserrait mais il leur était encore possible d'éviter de finir dans un bain de sang, au moment de leur interpellation.

« Vous avez une heure pour vous rendre. Pas une minute de plus ! Et tout cela n'est pas du bluff, croyez-moi ! » conclut-il avant de partir, ignorant superbement les questions des centaines de journalistes déchaînés, présents pour ce grand moment de télévision.

26

Le sous-directeur Martin Steel rejoignit son bureau du Federal Building de Westwood l'esprit galvanisé par le succès de sa conférence de presse, tout en affichant un calme olympien et une détermination inébranlable.

L'affaire était encore plus spectaculaire que celle du sniper de Washington, et son nom était déjà sur toutes les lèvres.

Quel pied de nez à ceux qui lui avaient mis des bâtons dans les roues lorsqu'il avait décidé de devenir chef de département après de longues et pénibles années passées comme simple agent spécial ! Et qui avaient continué plus tard, l'empêchant d'obtenir la place de sous-directeur, qu'il aurait dû recevoir au moins trois ans plus tôt, au vu de ses résultats. Mais il réussissait toujours à gravir les échelons, à la force du poignet. Ou du talon, quand il le fallait.

Officialisé le matin même comme directeur de l'enquête, on ne pouvait lui reprocher la mort des deux premiers otages et il allait tout faire pour qu'il n'y en ait jamais de troisième.

Il eut une pensée émue pour « feu » le lieutenant Redfield qui, depuis la veille, s'obstinait à suivre la trace de ses micros Sennheiser MD, il ne savait plus combien. D'ailleurs, il s'en foutait royalement. Alors que pendant ce temps, lui, avait plus que probablement, que disait-il ? *très certainement* localisé les ravisseurs et déjà mis au point son intervention avec le SWAT [1] dans les moindres détails. Et il allait en donner le départ pas plus tard qu'incessamment sous peu ! En un instant, il se remémora le faisceau d'indices qui l'avait amené à trouver la trace des kidnappeurs. Tout d'abord des témoignages de voisinage au sujet d'une villa aux activités suspectes. Plusieurs jeunes y étaient rentrés et aucun n'en était ressorti depuis trois jours.

La plupart des descriptions des caractères physiques des jeunes en question correspondaient aux candidats, bien que l'on ait signalé la présence d'au moins trois personnes un peu plus âgées, qui pourraient être les criminels ou leurs complices. Ensuite, la présence d'un mini-van noir vu à deux kilomètres de là et s'étant engagé dans une rue permettant de rejoindre celle de la villa, malgré un léger détour pour brouiller les pistes. Ce témoignage était venu de plusieurs personnes qui avaient contacté la centrale d'appels téléphoniques. Le téléphone, apparemment décroché ou coupé et le propriétaire également injoignable, qui était soi-disant parti à l'étranger une semaine avant le début des événements. Et enfin des signes d'activité au moment où les candidats étaient éveillés (c'est-à-dire très tard dans la nuit) et rien au moment où les candidats dormaient (jusqu'à très tard dans la matinée).

1. SWAT : Special Weapons ans Tactics Team, l'équivalent du GIGN.

Sur les coups des 6 heures du matin, quand l'évidence lui était apparue, il avait fait poster une brigade d'intervention et une autre de surveillance. Les capteurs thermiques avaient mis en évidence la présence d'au moins dix personnes, apparemment assoupies. On n'avait pas localisé la tortue, animal à sang froid. Les rideaux étaient tirés, comme dans l'émission. La villa s'étendait un peu plus en longueur que ne le laissait suspecter l'analyse des plans d'après l'émission. Certaines pièces avaient donc été condamnées. Elle était aussi moins large, ce qui était probablement dû à des erreurs de calcul. Un médium envoyé sur les lieux certifiait capter les vibrations de plusieurs âmes en détresse. « C'est la maison du Mal ! » avait-il même ajouté, avant de s'effondrer.

Enfin, la villa se trouvait sur la côte de Santa Cruz, à quelque 450 km au nord de Los Angeles, confirmant ce qu'il avait toujours suspecté quant à la mobilité géographique des ravisseurs et démontrant, si cela était encore nécessaire, combien la petite Redfield s'était fourré le doigt dans l'œil.

Martin Steel prit sa ligne directe avec le commandant Burk, chef des opérations, posté sur place, à 50 m de la villa. Ils n'avaient pas lésiné sur les moyens. Vingt tireurs d'élite, dont trois sur le toit, encerclaient la maison endormie. Quatre hélicoptères, dont un Chinook 47 birotor de l'US Air Force, étaient prêts à rapatrier les candidats. La brigade chargée d'intervenir à l'intérieur de la villa était composée de douze individus. Soixante-quinze hommes étaient présents au total.

Une équipe de Channel 6 se trouvait également sur place, avec pour ordre de ne rien diffuser avant le début de l'intervention, au cas où les ravisseurs regarderaient la télévision.

Steel prit son téléphone satellite.

— Commandant, pouvez-vous me confirmer qu'il n'y a toujours aucun signe d'activité à l'intérieur de la villa ? demanda-t-il en scrutant l'un de ses trois ordinateurs connectés 24 heures sur 24 sur *The Last One*, et montrant les candidats en plein sommeil.

— Parfaitement, Monsieur le sous-directeur.

— Vos hommes sont-ils prêts à intervenir ?

— Nous n'attendons que vos ordres pour lancer l'assaut.

— Très bien, dit Steel.

Martin Steel s'accorda un dernier moment de réflexion. Il regarda sa montre. L'ultimatum était passé depuis plus de dix minutes. Les ravisseurs ne l'avaient pas pris au sérieux. Eh bien, ils allaient voir. Steel reprit l'appareil.

— J'ai eu tout à l'heure l'accord de l'attorney général. Allez-y !

Les hommes du SWAT rampèrent dans les fourrés puis, une fois à découvert, se mirent à courir silencieusement jusqu'à la villa. Ils baissèrent leurs masques à gaz et placèrent des explosifs autour de la porte d'entrée et des fenêtres des façades sud et ouest. Sur le toit, deux hommes s'élancèrent, maintenus par un filin pour pénétrer par les fenêtres des étages supérieurs. Au moment des explosions, parfaitement simultanées, les deux hommes du toit firent éclater les carreaux avec leurs talons en kevlar, tandis que ceux du bas achevaient de défoncer la porte d'entrée d'un coup de bélier. Dix des douze hommes entrèrent et se déployèrent, telles les molécules d'un gaz parfait, en lançant des grenades fumigènes et d'autres lacrymogènes et paralysantes.

Ce qu'ils virent au milieu des fumées colorées réfréna un peu leur élan.

Au milieu des bouteilles d'alcool renversées et des préservatifs usagés se dressait un amas de corps nus enchevêtrés. Les canapés, recouverts de bâches en plastique transparent, portaient encore les traces de moments mémorables. Les jeunes gens, dont aucun ne correspondait aux candidats, sortaient de leur torpeur en toussant et en pleurant, cherchant des mains quelque chose à quoi se raccrocher mais ne trouvant que les corps lisses et bronzés de leurs partenaires. Aucun d'entre eux ne montrait le moindre signe d'agressivité.

— Strike 1 à Commandant. Je crois qu'on s'est gourés ! On est tombés sur une bande de partouzards !

— Attendez, strike 1, vous en êtes sûrs ? demanda le commandant Burk.

Strike 3 et strike 4 commencèrent à baisser leurs armes tandis qu'ils laissaient vagabonder leurs regards sur les corps dénudés, plus particulièrement sur ceux des jeunes garçons pour strike 4, qui s'escaladaient les uns les autres dans la plus totale confusion. Il commençait à faire affreusement chaud sous leurs combinaisons.

— Parfaitement, Commandant. On nage en pleine débauche. Et aucune trace de caméras. Ah si, tiens ! Un Caméscope par terre…

— Et vous, les gars, à l'étage ? s'enquit Burk.

— RAS, Commandant.

— Qu'est-ce qu'on fait, Monsieur le sous-directeur ? demanda Burk.

— Coffrez-moi tous ces putains de dégénérés, bordel de merde !

Steel fit voler son téléphone satellite contre la porte de son bureau. Il se fracassa avec bruit.

Une fois calmé, il put suivre la suite de l'intervention, en direct, sur Channel 6.

27

Presque au même moment, dans la banlieue de Klamath Fall, Oregon, deux policiers sous les ordres de Clara Redfield frappaient vigoureusement à la porte intérieure d'une petite maison en tôle. C'était la maison de M. et Mme Dedmond, dont on avait recueilli la trace du pouce de madame sur le bon de commande des micros Sennheiser MD 540 réceptionnés à Medford, à 80 km de là. L'empreinte avait été transmise par Internet à tous les postes de police des États-Unis et comparée avec les fichiers contenant celles de toute personne ayant été arrêtée, libérée sous caution, membre des forces armées ou du service civil, ou demandeuse d'un permis de conduire dans trente-sept des cinquante États. Mme Dedmond payait aujourd'hui l'obstination avec laquelle, malgré les réticences de son mari, elle avait obtenu son permis de conduire, en mars 1983.

« Ouvrez, Madame Dedmond. C'est la police ! »

« Nous savons que vous êtes là. Ouvrez ! »

De la musique classique à fort volume venait de la maison mais toujours aucune réponse.

« Bon, allez, ça suffit ! » dit l'un des policiers en donnant un puissant coup de pied dans la porte.

Mme Dedmond se trouvait seule, debout dans le salon, au beau milieu d'un capharnaüm sonore de tous les diables, tenant dans ses mains un swiffer spray & clean vert et violet, équipé de lingettes nettoyantes triple épaisseur et d'une réserve spéciale de 150 ml pour sols délicats. Un modèle Deluxe commandé par téléachat une semaine auparavant pour trente-neuf dollars quatre-vingt-quinze.

Amenée au poste de police, elle confessa avoir été contactée par téléphone et s'être vu offrir une somme de deux cents dollars en échange d'un petit service. Elle devait se rendre dans un motel de Medford pour la livraison d'un colis. Cent dollars l'attendraient dans une enveloppe à récupérer à la réception et cent autres dans une boîte aux lettres d'Yreka, de l'autre côté de la frontière, en Californie, où elle devrait déposer le colis. Elle avait d'abord refusé, croyant qu'il s'agissait de drogue mais on lui avait assuré que c'était pour aider une personne qui ne pouvait pas se déplacer, que le colis serait livré par UPS et qu'il s'agissait de matériel électronique, comme elle pourrait le constater en signant le bon de commande, sous un faux nom cependant. La voix au téléphone lui avait semblé être celle d'un homme, mais il pouvait également s'agir d'une femme.

À part l'adresse de la boîte aux lettres, elle ne savait rien d'autre.

— C'est grave, Sergent ? Dites-moi, c'est grave ? demandait-elle.

— Vous pourriez être accusée de faux et usage de faux, de complicité avec association de malfaiteurs et j'en passe. Restez à notre disposition pendant les jours qui suivent et ne recommencez jamais un truc pareil.

— Oh merci, merci, Sergent. J'ai bien retenu la leçon. J'espère que mon mari n'apprendra jamais ce qui s'est passé. Je suis tellement navrée…

Une fois mise au courant, Clara envoya un officier du SSI récupérer d'éventuelles empreintes sur la boîte aux lettres d'Yreka, et demanda à obtenir la liste des numéros qui avaient appelé Mme Dedmond au moment des faits.

28

Dans les locaux de Channel 6, c'était l'ébullition. Le logo « News Alert » inondait l'écran autant que l'esprit des journalistes. Channel 6 détenait l'exclusivité des images de l'intervention du SWAT et, bien que tout le monde ait rapidement compris qu'il ne s'agissait pas de la libération des otages (un simple coup d'œil sur *The Last One* et ses candidats, toujours plongés dans les bras de Morphée, suffisait à le démontrer), les images se vendaient à prix d'or aux principales chaînes d'information.

Jennifer O'Brien était maintenant en direct devant la villa de Santa Cruz. Derrière elle, la bande de joyeux drilles finissait d'être évacuée. On les avait recouverts de grandes couvertures pour cacher leur visage mais aussi leurs corps. Lorsqu'ils furent amenés près de l'hélicoptère, le souffle des pales dévoila les fesses de plusieurs d'entre eux.

— Jennifer, il semble que les personnes arrêtées soient toutes complètement nues. Pouvez-vous expliquer cet état de fait ?

— Oui, Steeve, je vous entends très mal ! répondit

Jennifer, la permanente malmenée et la main gauche couvrant son oreille. Nous ne savons pas grand-chose à l'heure actuelle. Ce que je peux vous dire, c'est qu'il est désormais acquis que les personnes arrêtées ne sont pas les candidats de l'émission *The Last One*. Je ne suis pas encore en mesure de vous dire quel est le rapport exact, le lien logique disons, entre les disparitions de Los Angeles et l'opération de ce matin. On parle ici d'une saisie d'armes et de drogue. J'ai cru entendre parler de plusieurs kilos de cocaïne découverts dans la villa. Il s'agirait peut-être de complices. Il semble en tout cas que le sous-directeur Martin Steel, chargé de cette affaire depuis ce matin et que nous remercions pour nous avoir permis d'être là, ait cherché à montrer la puissance de frappe dont il dispose.

— Pour intimider les ravisseurs ?

— Exactement, Steeve !

— Il semble que les complices présumés dormaient au moment de l'intervention.

— Oui, tout à fait. Ce qui explique peut-être leur tenue… dit Jennifer O'Brien en hurlant dans son micro.

— Plutôt légère, en effet !

— Ah, ah !

— Ah, ah ! Excusez-moi. Les moyens utilisés par le FBI ne vous semblent-ils pas un peu démesurés ? demanda Steeve Kidney.

— J'étais présente au moment des préparatifs de l'opération, même si nous n'avons pas eu la permission d'émettre avant le début de l'intervention. Pour des raisons de sécurité. Ce que je peux vous dire, c'est que rien n'a été laissé au hasard et que la brigade spéciale était parée à toute éventualité. Le *modus ope-*

randi a été soigneusement étudié. Nous sommes probablement en face d'individus très dangereux, malgré les apparences.

— Pff… Oh, là là. Je crois que je vais avoir du mal à finir cette édition. Pardon. Le sous-directeur Martin Steel va-t-il faire une conférence de presse dans les heures qui suivent ?

— Je n'ai pas d'informations à ce sujet, répondit Jennifer. Et tant que la perquisition ne sera pas finie, rien ne filtrera, m'a-t-on laissé entendre. Ce que je peux vous dire, c'est que l'ambiance ici est beaucoup plus détendue qu'il y a quelques minutes…

— Eh bien, merci Jennifer. Ce n'est malheureusement pas tout à fait le cas ici, sur le plateau, où je suis en compagnie des parents de Tracy et de…

29

Stanley regardait les informations d'un air songeur. Le fait d'avoir lancé son émission un jour après les enlèvements avait visiblement eu l'effet escompté. Premièrement, éviter que les candidats fraîchement arrivés ne livrent des indices sur les conditions de leur départ de chez eux. Deuxièmement, laisser au FBI un champ d'investigation géographiquement beaucoup plus large. Et troisièmement, laisser le temps aux médias de s'emparer de l'affaire. Même s'il gardait toujours parfaitement la situation sous contrôle, il constatait combien on allait au-delà de ses espérances. Channel 6 en figure de proue, les télévisions chaviraient sous le déluge d'informations que son émission occasionnait. Tout le travail qu'il n'avait pas fait, la télévision le faisait pour lui. Sous couvert d'aide à l'enquête, on interviewait les familles des candidats, leurs amis, leurs voisins, on en faisait des portraits émouvants (souvent avec la musique de *Mulholland Drive* en fond sonore), on relatait les événements marquants de la journée, on hypothéquait sur les nominations, sur les votes des internautes, on se permettait même de diffuser des passages entiers de son émission. Talk-shows, micro-trottoirs, résumés, analyses. En trois jours, trente millions d'internautes s'étaient connectés à son site, devenu payant depuis la nomination de Jamie. Stanley se rappela cette petite phrase d'Orson Welles : « Je déteste la télévision et la déteste comme les cacahuètes, et je ne peux pas m'empêcher de manger des cacahuètes. » Le nombre de votes pour sauver les candidats s'envolait, et il avait déjà gagné plus de cinquante millions de dollars. Si ça continuait, il pourrait doubler ses tarifs sans problème pour satisfaire son ami Lloyd.

Il souriait en pensant au score pitoyable que faisait l'émission concurrente, *The Good One*, malgré un investissement infiniment supérieur. Il se disait qu'il avait réussi. Que c'était *ça* que les gens attendaient, qu'ils désiraient secrètement voir. Le public aime les moments de joie mais il raffole surtout des moments d'humiliation. Et là, il était servi.

Bien sûr, il prenait des risques, de très gros risques même. Et puis il y avait ces morts. Regrettables. Mais tellement nécessaires. Sans eux, rien qu'une émission de télé-réalité ordinaire, un sous-*Big Brother* de pacotille, sans véritable enjeu. Lloyd assumait ces éliminations beaucoup plus mal que lui. Il était toujours partagé entre la jubilation de voir son compte en banque exploser et la peur de se faire prendre pour complicité de séquestration et d'assassinats. Quelques heures avant la première élimination, il avait même dit qu'il voulait tout arrêter. Il avait fait déjà beaucoup moins d'histoires pour celle de Chuck. Mais il n'était pas question d'arrêter. Le spectacle devait continuer. C'est le public qui le réclamait. Quoique en disaient les critiques qui se déchaînaient contre lui et qui, eux aussi, rentraient dans le jeu de l'émission, même si c'était pour la condamner.

Lui, Stanley, avait compris que le public, pour étancher sa soif de voyeurisme, ne pouvait plus se satisfaire du narcissisme, de l'oisiveté décadente et de l'exhibitionnisme ludique de candidats impudiques. Les émissions successives de télé-réalité engendraient des candidats formatés, fins connaisseurs des règles du jeu ou sachant parfaitement s'y adapter quand on les changeait, pleinement conscients du parcours à effectuer pour réussir leur médiatisation. Le résultat en était une perte inéluctable de vérité, de spontanéité, une dissolution de cette réalité même qui était le centre d'intérêt du jeu. Une réalité biaisée, artificielle, avariée, mais dont le public adorait se repaître, s'il parvenait à y croire encore un peu.

Il avait envisagé au début de prévenir les candidats du sort qui leur serait réservé, permettant ainsi à l'audience de les juger en fonction de leur ingéniosité et de leur combativité. Mais il lui était impossible de gérer sept candidats dans ces conditions. Dans son jeu, il remettait le pouvoir de laisser en vie ou de donner la mort entre les mains du public. Comme au temps des gladiateurs en quelque sorte. Il ne s'agissait pas simplement d'observer des candidats tenter de sauver leur peau, comme dans *Survivor*, mais d'interagir directement sur leur sort. En une participation active, coupable, jouissive.

Jamie et Chuck avaient commis une grave erreur, impardonnable pour les téléspectateurs : ils avaient joué un double jeu. Ils avaient essayé de donner l'image d'un amour naissant à seule fin de toucher le public et donc, de le manipuler. Tricher avec l'authenticité, il n'y avait pas pire pour des spectateurs omniscients, pouvant, s'ils le voulaient, suivre l'émission 24 heures sur 24. C'était une regrettable sous-estimation de la force de leur pouvoir panoptique.

En matière de manipulation, Stanley reconnaissait toutefois avoir fait plus fort, la veille au soir. Pour rendre la situation plus crédible aux yeux de ses candidats, il leur avait demandé, au cours d'une « soirée SMS », de répondre à des questions de spectateurs et d'internautes judicieusement choisies ou inventées. Il leur avait communiqué des messages de soutien de la part de Jamie, qui passait des moments de folie depuis sa sortie et leur avait fait entendre quelques mots de leurs propres parents (« Tu nous manques tellement, Tracy! »), qu'il avait extraits de l'émission de Channel 6 de la veille. Il avait ainsi réussi à tirer quelques larmes de ses candidats, séparés du reste du monde depuis trois jours seulement.

Stanley observait maintenant ses candidats défiler dans le confessionnal, selon une habitude déjà bien acquise, pour tirer dans le dos de leurs compagnons de galère à l'occasion des nominations. Donna nominait Bruce et Andrew, qui nominait Bruce et Donna. Tracy nominait Donna et (elle en était désolée, parce qu'elle l'aimait, mais à ce stade du jeu…) : Heather. Heather nominait Tracy et Bruce (qui semblait se désintéresser de plus en plus du jeu et ne souffrirait pas trop d'une éventuelle élimination) qui, quant à lui, aurait bien nominé tout le monde mais devait se contenter de Tracy et de Donna.

Cela faisait donc une voix contre Heather et

Andrew, deux contre Tracy et trois contre Bruce et Donna, qui étaient les heureux nominés du jour.

En observant sur sa vingtaine de moniteurs les candidats se regrouper et s'affaler sur les canapés afin de connaître les résultats, Stanley murmura « des mollusques vésiculeux couleur de rose et qui éclatent avec bruit ».

30

Le sous-directeur Martin Steel essayait tant bien que mal de dominer la rage qui montait en lui. Channel 6 s'était comporté avec lui de manière plus qu'insolente dans la médiatisation de l'intervention du SWAT. Ils avaient habilement détourné ce qui n'était rien de plus qu'une légère erreur d'appréciation, due certainement à un excès de motivation, en un spectacle risible et grand-guignolesque. Aussi hésita-t-il longuement avant d'accepter l'appel de Jennifer O'Brien, qui avait à lui transmettre « un message de la plus haute importance ».

Après de brèves salutations et de longues remontrances, Steel accepta d'écouter le fameux message.

— Voilà, Monsieur le sous-directeur, dit Jennifer O'Brien d'une voix surexcitée malgré le savon qu'elle venait de recevoir. Il se trouve que j'ai été contactée par le ravisseur.

— Bien sûr, Mademoiselle O'Brien. Mais sachez que vous n'êtes pas la seule dans ce cas. Moi-même, j'ai déjà reçu plus de sept mille messages de la sorte.

Je vous remercie bien, Mademoiselle O'Brien, mais je n'ai plus de temps à perdre. Au rev...

— Attendez, Monsieur Steel ! Ne raccrochez pas ! Non, non, je veux dire que le ravisseur m'a envoyé un message, par Internet, pour m'expliquer qu'il voulait que je sois son intermédiaire privilégié vis-à-vis des médias. Et puis, il y a surtout autre chose. Je veux dire... des preuves... lâcha Jennifer O'Brien en laissant légèrement patienter son interlocuteur pour accroître son effet.

— Très bien. Et quel genre de preuves, s'il vous plaît ?

— Des images... beaucoup d'images. Des images des candidats ensemble avant le début de l'émission, des images qui ne sont pas passées au cours de l'émission et que seul le ravisseur peut posséder. Et puis un exemplaire des signatures de chacun des candidats. Il n'y a qu'à les authentifier, non ?

— Très bien ! Envoyez-moi tout ça immédiatement. Je vous rappellerai, dit Steel, prêt à raccrocher.

— Attendez, attendez, ce n'est pas fini. Le ravisseur fait aussi part de ses exigences.

— Ah oui ? Et combien demande-t-il, ce petit fils de p... ?

Jennifer O'Brien hésita un instant. C'était assez délicat à expliquer. Elle inspira profondément et se lança :

— En fait, il semble que le ravisseur ne demande pas de rançon. Il exige en fait... (Jennifer O'Brien ferma les yeux et éloigna son oreille du combiné)... la diffusion d'un *double programme*.

— Un double programme ! Mais qu'est-ce que c'est que ces conneries ! Savez-vous à qui vous parlez,

Mademoiselle O'Brien ? Non, je crois que vous l'ignorez. Allez, ça suffit comme ça…

— Non, non, Monsieur le sous directeur. Je ne me permettrais pas de faire perdre un temps aussi précieux que le vôtre si moi-même je n'étais pas certaine *à 100 %* qu'il s'agit bel et bien du ravisseur. Vous comprendrez avec les images. Je vous assure que…

— D'accord, d'accord. Et quel genre de *double programme*, Mademoiselle O'Brien ?

— Heu… attendez je revérifie. Oui, c'est bien ça. *Le Fantôme de l'Opéra*, la version de 1925, et *Phantom of the Paradise* de Brice de Palma, ah non, pardon, Brian, voilà, Brian de Palma. Sur CBS. En prime time. Et sans publicité. Voilà.

— Sur CBS, ben voyons. Jamais entendu parler de ces films, mais ça m'a l'air bizarre. Très bizarre, même ! Mademoiselle O'Brien, vous avez cinq minutes pour me transmettre le message. Et je peux vous dire que si c'est des conneries, vous allez apprendre à connaître le sous-directeur Martin Steel. Et Channel 6 tout entier, par la même occasion. Et surtout, aucune fuite. Nous sommes bien d'accord ?

— J'y veillerai personnellement, Monsieur le sous-directeur, dit Jennifer O'Brien, d'une voix pleine d'assurance.

Steel raccrocha. Deux minutes et vingt-sept secondes plus tard, il reçut sur son ordinateur le message du ravisseur, réexpédié par Jennifer O'Brien. Il plissa les yeux pour mieux se concentrer sur sa lecture.

« Mademoiselle O'Brien,

J'apprécie énormément votre travail et l'attention toute particulière que vous portez à mon émission The Last One. *S'il est une personne digne de confiance au sein des médias, c'est bien vous. Aussi, permettez-moi de vous demander de bien vouloir être mon interlocuteur privilégié.*

En effet, mon émission connaissant un succès grandissant, je ne tiens pas à l'interrompre par des messages n'ayant pas de rapport direct avec mon auditoire. Je souhaite donc passer par vous et par votre chaîne, Channel 6, que je regarde régulièrement et avec plaisir, pour faire part de mes maigres exigences.

L'exécution, ce soir, de Bruce Bradburn ou de Donna Jackson (mais les votes semblent indiquer qu'il s'agira de Bruce Bradburn) peut être évitée à la condition suivante :

CBS doit déprogrammer son prime time de The Good One *et le remplacer par une diffusion du* Fantôme de l'Opéra, *celui de Rupert Julian de 1925, suivie de celle de* Phantom of the Paradise, *de Brian de Palma, dans leurs formats d'origine.*

J'insiste particulièrement sur le fait que la moindre coupure de publicité pendant la diffusion de ces deux films mettrait en jeu la pérennité de l'accord proposé. Et donc la vie de l'un des deux candidats.

Je compte sur vous pour faire connaître, par l'intermédiaire de votre chaîne, et cela dès votre édition spéciale de 16 heures, ces exigences au plus grand nombre. Tout contact de votre part avec la police ou le FBI mettrait également fin à l'accord sus mentionné.

Au cas où vous douteriez du crédit à apporter à ce message, je vous propose de consulter les quelques documents que vous trouverez en pièces jointes. Par ailleurs, je vous invite à regarder mon émission à 15 heures précises.

J'y ferais apparaître la mention suivante :

"Ne ratez pas l'édition spéciale de 16 heures sur Channel 6 News!"

Je vous prie d'agréer… »

« Blablabla, blablabla », poursuivit pour lui-même le sous-directeur Steel, très sceptique. Le vocabulaire était correct et il n'y avait pas de fautes d'orthographe. Le ravisseur était plus évolué que Steel ne se l'imaginait. Et cinéphile, également. Il n'y avait pas de signature, mais Steel aperçut quelque chose en bas du document, quelque chose de presque illisible. Il augmenta le contraste du document et lança son impression.

Pendant ce temps, il ouvrit les pièces jointes. Des photographies inédites des candidats chez eux, en train de poser sur leur lit. De courts extraits d'interviews dans une pièce toute blanche et chichement aménagée. Une autre photographie des sept candidats, ensemble dans la même pièce, en train de lever le pouce en signe de victoire mais avec des sourires figés. Et enfin la signature de chacun des candidats.

Pas de doute, Jennifer O'Brien avait raison. La piste semblait sérieuse. L'auteur du message était le ravisseur ou, tout du moins, l'un de ses complices. Le sous-directeur Steel se promit de tempérer son impétuosité afin d'étudier la piste avec tout le calme et le recul nécessaires pour ne pas se fourvoyer à nouveau.

L'imprimante avait fini son travail. Steel sortit une loupe de son tiroir et examina le document. Après quelques secondes, le temps que son œil droit s'adapte, il déchiffra la signature. Elle était de couleur jaune, très pâle. Deux initiales : un E et puis un O. Mais le O avait une drôle de forme. Peut-être était-ce un Q ? Steel augmenta le contraste du document jusqu'à son maximum et fit une nouvelle impression. C'était beaucoup mieux. Il y avait donc un E et la deuxième lettre était un… D.

E.D. Steel réfléchit intensément. Non, rien ne venait. Et puis, ce pouvait être un pseudo.

Il appela ses deux meilleurs éléments : les agents spéciaux Lewis et Nelson. Il leur ordonna de faire authentifier les signatures, de décortiquer les photographies des candidats et les extraits d'interviews, de procéder à une analyse linguistique du message, de dresser une liste de tous les Californiens (dans un premier temps) dont les initiales étaient E. D, ou D. E, et de la comparer avec tout ce qu'ils avaient déjà, de trouver, via la Brigade informatique, d'où avait été envoyé le message, et de lui rapporter tout ce qui pouvait concerner ces deux films-là, « les fantômes de machin-chose ». Ça avait sûrement un rapport.

« Ne ratez pas l'émission spéciale de 16 heures sur Channel 6 News ».

Il était 15 heures précises lorsque le sous-directeur Steel regarda sa montre. Le téléphone se mit à sonner. L'appel venait de New York. C'était le commandant Clark, successeur de Bill Mahlam au poste de chef de la Brigade informatique du FBI.

— Bonjour, Monsieur Steel. Nous avons du nouveau pour vous.

— Je vous écoute, dit Steel.

— Bon, le message est passé par un serveur qui anonymise ses clients mais nous avons quand même pu retrouver l'adresse e-mail d'origine. Elle est très récente. Elle a été créée il y a un peu plus de deux mois. Son propriétaire a effacé tous ses messages archivés, ou alors il n'en a jamais reçu. Nous sommes en contact avec son fournisseur d'accès pour essayer d'en retrouver une trace, mais ça prendra un peu de temps.

— Très bien, répondit Steel, qui s'impatientait.

— Par contre, ce qui est plus intéressant, c'est que nous avons aussi retrouvé l'adresse IP.

— L'adresse IP, vous dites ? demanda Steel, qui n'entendait rien à ce charabia.

— Oui, oui, l'adresse IP. Vous... vous savez ce que c'est ou je vous explique ?

— Bien sûr que je sais ce que c'est ! Continuez, je vous prie.

— En fait, la personne qui a envoyé le message a pu protéger son adresse e-mail grâce à un fournisseur d'accès peu scrupuleux, mais il n'a pas masqué l'adresse IP de la machine qu'il utilisait à ce moment.

— D'accord. Vous me dites qu'il a utilisé une adresse IP.

— Oui, mais ce qui est intéressant c'est que nous savons où se situe physiquement la machine qu'il a utilisée. C'est un ordinateur de l'USC, School of Cinema and Television. Pas très loin de chez vous...

— Oui, oui, je vois très bien où c'est. Bref, vous me dites que le ravisseur a envoyé son message de l'université.

— Ce que je dis, c'est que le message que vous m'avez fait examiner a été envoyé de là-bas. Du poste 212, plus précisément. C'est presque un endroit public. Tout le monde peut y rentrer de manière anonyme. Idéal quand on veut envoyer ce genre de messages.

— Parfait, Commandant heu…

— Clark. Commandant Clark.

— Je vous remercie, Commandant. Mais, la prochaine fois, venez-en directement aux faits. Ah, attendez, est-ce que vous avez pu établir un lien entre l'adresse et le site de l'émission ?

— Il n'y en a pas, ce qui est tout à fait normal. Ils me paraissent trop malins pour commettre une faute pareille. Et puis le site, c'est pas seulement une petite histoire de mail anonyme, avec ces adresses IP mouvantes, ce streaming dynamique jusqu'à 25 Mbit/s. Je crois qu'ils piratent les circuits de diffusion des chaînes ADSL ou qu'ils…

— Oui, bon, d'accord. Merci beaucoup, coupa Steel.

— USC. Poste 212. À votre service, Monsieur le sous-directeur.

— Au revoir, Commandant… Clark, dit Steel après une légère hésitation sur le nom exact.

Ça collait avec le premier profil fait par les experts en linguistique. En plus, les signatures des candidats semblaient être vraies. Il fallait joindre CBS, et rapidement. Quand il évoqua la déprogrammation de l'émission *The Good One* du soir, on lui dit que le mieux était de voir avec le principal producteur : Ray Kaufman.

— Sans coupures de publicité, vous dites ! Mais ce

type veut notre peau! éructa Ray Kaufman à l'annonce des exigences du ravisseur.

— Monsieur Kaufman, des vies humaines sont en jeu, proposa Steel sans trop y croire, mais c'était un passage obligé.

— Ah oui? Très bien! Sauvons des vies humaines! Et aussi les baleines, les bébés phoques ou je ne sais pas quoi, tant qu'on y est! Attendez, ce type veut que je déprogramme sa principale émission concurrente, qui au passage est mon principal gagne-pain en ce moment et, en plus, Monsieur ne veut pas de publicité. Le tout en prime time! Sur CBS! On rêve… Remarquez qu'avec la programmation qu'il propose, les annonceurs ne devraient pas se bousculer. Et qu'est-ce que je gagne, moi, dans cette affaire, hein? Quelqu'un peut m'expliquer?

— Monsieur Kaufman, sachez que certaines personnes à Washington seront très sensibles à votre geste, si vous voyez ce que je veux dire…

— Washington, vous dites. Carrément. Eh bien, dans ce cas, il y aurait bien un terrain d'entente, parce que figurez-vous que, pas plus tard que la semaine prochaine, j'ai rendez-vous avec un contrôleur fiscal. Et en plus le genre pointill…

— C'est arrangé, Monsieur Kaufman, coupa Steel.

— Non mais, attendez. C'est pas du petit contrôle. Le type veut remonter à…

— Monsieur Kaufman. Je croyais avoir été suffisamment clair. C'est arrangé, je vous dis. N'en parlons plus, je vous en saurais gré, dit Steel.

— Ah… Bon… Très bien. *Le Fantôme de l'Opéra*, vous me disiez, et quelle version déjà?

Il était maintenant 16 heures et Channel 6, par l'intermédiaire de Steeve Kidney, annonçait ce double scoop : le pauvre Bruce Bradburn était le perdant du jour et sa mort pouvait être évitée si CBS acceptait de diffuser un étrange *double programme* !

31

Un peu plus tard dans l'après-midi, Clara entendit son fax s'agiter. Elle se précipita pour voir si c'était ce qu'elle attendait. Oui, c'était bien la liste des numéros de téléphone des appels de Mme Dedmond le jour de sa prise de contact avec le destinataire des micros. Elle identifia immédiatement un numéro de cabine téléphonique de Los Angeles aux alentours de l'horaire précisé par Mme Dedmond. Elle se renseigna auprès d'une employée de la compagnie Bell Telephone qui l'avait souvent aidée et obtint la localisation de la cabine. Angle de Santa Monica Boulevard et de Handcock Avenue, à quelques pas du parc de West Hollywood.

Son cœur se gonfla d'espoir. Si seulement…

Elle sortit en courant des bureaux du 150N Los Angeles Street et enfourcha sa moto.

L'angle de Santa Monica Boulevard et de Handcock Avenue se situait à moins d'un quart d'heure à pied des studios de l'émission *The Good One*, et Clara ne croyait pas aux coïncidences. La cabine téléphonique dans laquelle le kidnappeur avait appelé Mme Dedmond un mois auparavant se dressait devant elle. Le Santa Ana, qui soufflait du désert vers l'océan, balayait des papiers gras sur le sol. Elle rentra lentement à l'intérieur de la cabine. Elle marchait sur les pas de sa proie. Mais les traces étaient effacées par le passage des dizaines de personnes qui s'étaient depuis servi de la cabine.

Elle en sortit et effectua du regard un lent panoramique à 360°. Elle savait ce qu'elle cherchait. Soudain ses yeux s'arrêtèrent sur un magasin situé à une quinzaine de mètres. Le Three Dog Bakery (8733 Santa Monica Blvd, West Hollywood) est une superbe boulangerie proposant Pet-it-Fours, Pup Cakes et os en chocolat destinés à la gent canine, pour satisfaire la fantaisie de leurs fortunés propriétaires. Mais ce qui intéressait réellement Clara était l'une des deux petites caméras de vidéosurveillance qui surmontaient l'entrée et qui était, semblait-il, particulièrement mal orientée puisque braquée pratiquement sur la cabine. Elle se précipita dans la boulangerie, au milieu de regards étonnés et d'aboiements réprobateurs.

— Lieutenant Redfield, LAPD. Excusez-moi de vous interrompre en plein travail mais qui s'occupe de la vidéosurveillance ici ?

— Euh… personne en fait. Mais le chef n'est pas encore parti. Je vais vous le chercher…

— Bonjour Madame, dit M. Martinser, engoncé dans un tablier immaculé, un sourire jovial aux lèvres. Une plainte d'un de nos clients à quatre pattes ?

— Non, pas vraiment. Combien de temps conservez-vous les bandes de vos caméras de surveillance ?

— Une semaine, selon le délai légal je crois.

— Monsieur Martinser, je ne viens pas pour vous ennuyer avec des délais légaux. Je suis à la recherche de quelqu'un et il se pourrait qu'une de vos caméras l'ait filmé. C'était il y a un mois, le 5 juin, à 9h37 très exactement.

— Un mois ! Ah non, là, désolé mais je ne crois pas. Mais enfin venez, on a parfois des surprises…

Dans un coin des cuisines à la propreté irréprochable se trouvait un petit bureau sur lequel reposaient deux moniteurs-magnétoscopes combinés. Dans la partie gauche de l'un des écrans apparaissait la cabine téléphonique. Clara sentait l'excitation monter en elle tandis que Martinser ouvrait les tiroirs du bureau pour en extraire toutes les bandes dont il disposait.

— Normalement, on enregistre toujours sur les mêmes cassettes et on efface les images de la semaine précédente. Mais les dernières cassettes que l'on a achetées sont vraiment de mauvaise qualité et au bout de quatre/cinq passages, les bandes cassent ou deviennent illisibles. Je les ai gardées pour me les faire rembourser. Il se peut qu'il y en ait du mois dernier, avec un peu de chance.

— Merci, je prends tout. Vous ne les datez pas ?

— Eh non, malheureusement. Nos clients sont de plus en plus exigeants et on n'a plus beaucoup de temps pour toutes ces choses-là.

— Merci beaucoup, Monsieur Martinser. Dommage que je n'aie pas de chien, je vous aurais bien pris une petite pâtisserie.

— Vous savez, je crois que les chiens ne sont pas nos seuls clients…

— Je n'en doute pas. Merci encore.

— C'est moi qui vous remercie. Vous êtes charmante…

Clara retourna vers sa moto, jeta un dernier regard autour d'elle avant de partir à vive allure vers le labo.

32

L'agent spécial Ricardo Sanchez était en train de poursuivre sa filature, dans la salle d'accès Internet de l'USC School of Cinema and Television. Bien à l'abri des regards, dans un placard.

D'origine colombienne, de Medellín plus exactement, Ricardo Sanchez était un Antioquien pure souche, un *paisa,* comme on disait chez lui. Incroyablement chaleureux et farouchement fier de sa région. C'était un homme au visage jovial mais fatigué par un travail harassant. Treize ans à la DEA, au service des Américains en lutte contre le narcotrafic, qui était la plaie de son beau pays. Et puis, un jour, la couverture qui s'effondre. Des hommes parmi les plus dangereux au monde qui veulent sa peau. À tout prix. Et le départ forcé et sans retour possible pour les États-Unis. Miami dans un premier temps, puis San Diego et enfin Los Angeles. Compte tenu de ses remarquables efforts et des risques extrêmes consentis tout au long de ces années, le gouvernement l'avait engagé pour lui-même : au FBI. C'était l'un des rares, des très rares même, véritables Latinos à travailler pour le Bureau. C'était un grand privilège et on le lui laissait suffisamment entendre.

Mais, en contrepartie, Ricardo Sanchez écopait toujours des tâches les plus ingrates. Une mission foireuse et perdue d'avance ? SANCHEZ ! Une filature jusqu'à pas d'heure ? SANCHEZ ! Un coup de fil délicat, une mauvaise nouvelle à annoncer au gouverneur ? SANCHEZ ! Encore et toujours.

La seule chose qu'il refusait, et Dieu sait que ce n'était pas trop demander, c'était d'être accusé de l'échec de missions auxquelles il n'avait pas participé. Les tâches ingrates d'accord, mais le déshonneur, jamais ! Compte tenu de son dévouement exceptionnel pour le Bureau, on lui accordait généralement cette grâce.

Les deux petits chouchous du sous-directeur Steel, les agents Lewis et Nelson, étaient passés en coup de vent dans l'après-midi pour visualiser la salle des ordinateurs de l'université, et repérer le poste 212. Ce dernier était situé dans un recoin, au fond de la salle, quelques mètres devant un petit placard métallique. Ils avaient immédiatement pensé à Sanchez pour la filature.

« Lewis et Nelson m'ont assuré que vous étiez l'homme de la situation. Votre gabarit correspond parfaitement aux dimensions du placard. C'est une mission de la plus haute importance, agent spécial Sanchez. Sachez vous montrer à la hauteur de mon attente et de la confiance que je vous témoigne », lui avait dit, en personne, le sous-directeur Martin Steel.

C'est vrai qu'il était plutôt petit et trapu. Mais ça coinçait fortement au niveau des épaules. Il avait fini par se recroqueviller, assis de côté dans le placard, un ordinateur portable sur ses genoux. Ce dernier était secrètement relié à celui du poste 212 par une liaison wi-fi et il pouvait voir en temps réel ce qu'il affichait. Pour l'instant, c'était un écran de veille aux couleurs de l'université. Dans le coin supérieur gauche de son ordinateur, une fenêtre projetait l'image de la mini-caméra installée au-dessus du placard et dirigée vers la chaise du poste 212. Il pouvait également, en un seul clic, suivre les déplacements des étudiants dans la salle, équipée de plusieurs autres mini-caméras. Il avait également un accès très haut débit à l'émission *The Last One*. Il portait des écouteurs sans fil, qui retranscrivaient l'ambiance sonore de la salle. Le FBI avait plus de respect pour son matériel que pour ses hommes mais Ricardo Sanchez avait compris depuis longtemps que ça ne changerait jamais. Il avait également la possibilité d'avoir un contact visuel direct avec le poste 212, en se contorsionnant pour regarder à travers les lames métalliques du placard et la possibilité, par un simple coup d'épaule, d'en sortir. Et, si ses jambes n'étaient pas complètement engourdies, de bondir sur le ravisseur, avant que celui-ci ne s'échappe dans le labyrinthe des couloirs de l'université.

Sa mission : « Attendre que quelqu'un prenne place au poste 212, juger s'il est raisonnable de penser qu'il puisse s'agir du ravisseur ou d'un complice et, dans ce cas, envoyer un e-mail au SWAT, qui interviendrait dans les cinq minutes. »

En cas d'extrême urgence, il était autorisé à intervenir par lui-même. Il porterait alors seul la responsabilité en cas d'échec de la mission mais, ça aussi, il le savait déjà.

L'horloge interne de son ordinateur indiquait qu'il

était presque 19 h 30. Cela faisait maintenant plus de trois heures que Ricardo Sanchez attendait que quelqu'un daigne s'asseoir au poste 212. Et toujours rien. Mais ce n'était pas dans sa nature, ni dans celle de son peuple, de renoncer ou même de montrer des signes de découragement.

Soudain, le miracle se produisit.

Un individu avançait benoîtement vers le poste sous très haute surveillance. Sanchez fit un agrandissement de la fenêtre centrée sur le poste 212. En fait, d'après sa démarche, c'était d'un pas décidé que l'individu se dirigeait et finit par s'asseoir au poste 212. Une fois installé, il jeta des regards anxieux autour de lui, pour voir si un étudiant l'observait. L'individu avait un comportement suspect. Sanchez cliqua pour obtenir une image de face. Il fit ensuite un léger zoom. Le suspect ressemblait à un étudiant en cinéma, peut-être un peu plus âgé que les autres. Plutôt grand et malingre, il portait d'épaisses lunettes noires, à la monture en écaille. Bon Dieu, cela existait encore! Il avait une parfaite tête de nerd, ces étudiants au visage plus ou moins disgracieux qui se réfugiaient dans un intellectualisme forcené et qui étaient souvent la risée de leurs camarades. Ça y est, il s'était connecté. Le suspect releva discrètement la tête au-dessus de son écran, avant de se plonger dans l'azur infini du monde virtuel.

Rapidement, des images de sexe assaillirent l'écran du portable de Ricardo Sanchez. Du porno! Très cru. Sans une once d'érotisme. Carrément hardcore. Et très spécialisé. Ah oui, ça, hyper-spécialisé, même. Bon Dieu, c'est fou ce que pouvait faire une femme, enfin, si c'en était vraiment une, avec de paisibles herbivores…

Sanchez était écœuré. Voilà ce que l'on faisait avec l'argent de l'université. Et lui qui n'était même pas sûr de pouvoir y envoyer un jour son fils unique. Il ne put réprimer un léger grognement de dépit.

Immédiatement, l'étudiant arrêta de tapoter son ordinateur et releva la tête. Avait-il entendu quelque chose ? L'étudiant fit pivoter lentement sa tête vers l'arrière. Dans un long panoramique, son regard passa sur le placard métallique, puis s'en détourna. Non, il avait dû rêver. Cependant, l'ambiance n'y était plus vraiment. Il préféra sortir rapidement de ces sites plutôt compromettants. Il sembla alors perdu devant son écran. C'est alors qu'un deuxième miracle se produisit.

Le suspect se connecta sur le serveur et rentra son adresse e-mail. C'était purement et simplement celle du mystérieux E.D. Et il en tapa le code d'accès. « Eh Ave Maria pues ! » s'écria silencieusement Ricardo Sanchez. Il n'avait pu voir quelles touches le ravisseur présumé avait pressées, mais son propre ordinateur retenait toutes les manipulations effectuées sur le poste 212.

Sanchez put lire en temps réel le message que tapotait le suspect :

« Salut mon pote, ça roule ?

Incroyable ! T'as vu CH 6 ? Paraît que CBS accepte le deal ! Putain, quel programme ! Au fait, toujours OK pour samedi ? »

Il rentra l'adresse de son correspondant, se déconnecta en un clin d'œil et se leva de sa chaise.

Bon Dieu, pas le temps de prévenir le SWAT ! Il fallait agir. Et tout de suite !

Ricardo Sanchez gonfla sa cage thoracique et la

porte du placard s'ouvrit en cognant contre le mur dans un fracas métallique.

Le ravisseur présumé se retourna, éberlué. Tous les autres étudiants de la salle se retournèrent eux aussi, dans un même mouvement. Sanchez se releva brusquement. Ses jambes le soutenaient à peine. Il prit tout l'appui qui lui restait pour se jeter sur le ravisseur. Ils tombèrent tous deux à la renverse et la tête du ravisseur heurta le coin de l'une des tables de la salle informatique.

Sanchez se remit debout péniblement. Le ravisseur gisait à ses pieds, inconscient.

Une flaque de sang se formait progressivement autour de sa tête.

33

Une nuée de journalistes entourait le sous-directeur Martin Steel, contraint de faire une conférence de presse suite à l'intervention du SWAT du matin et de la spectaculaire avancée de l'enquête dans l'après-midi.

« Oui, il y avait un rapport entre l'intervention du matin et le kidnapping des candidats de *The Last One.*

« Non, il n'était pas possible de dévoiler lequel.

« Oui, on avait saisi un pistolet, plusieurs couteaux et de la drogue.

« Non, il ne s'agissait pas seulement de quelques grammes de cocaïne et de cannabis comme les images de la saisie pouvaient à tort le laisser croire.

« Oui, les présumés complices dormaient nus au moment de leur interpellation.

« Non, il ne pouvait pas dire ce que contenait la bande du Caméscope trouvé sur les lieux.

« Non, le FBI n'avait jamais cru qu'il s'agissait des candidats de l'émission.

« Oui, il trouvait regrettable que le lieutenant Clara

Redfield se soit vu retirer la direction de l'enquête. Même si cela pouvait se comprendre.

« Non, il n'avait aucun rapport, d'aucune sorte que ce soit, avec cette décision.

« Oui, l'enquête avançait.

« Non, il ne se sentait pas responsable des deux premiers meurtres, même s'il partageait l'émotion des familles.

« Oui, il regrettait que les familles aient pu croire que l'on allait sauver leurs enfants. Mais c'était plutôt aux journalistes de la télévision de faire leur mea culpa !

« Non, il ne savait pas combien l'opération avait coûté.

« Non, il ne pouvait pas promettre que les meurtres allaient s'arrêter. Juste qu'il déployait tous les moyens à sa disposition pour cela.

« Oui, il était nécessaire que l'émission continue à être diffusée malgré son concept illicite. On recueillait ainsi chaque heure de nouveaux indices venant de téléspectateurs ou d'internautes.

« Non, la médiatisation de l'affaire n'était pas un frein à son enquête. Au contraire. Elle travaillait pour lui.

« Oui, il s'agissait bien de plusieurs kidnappeurs. Mais pas forcément que des hommes.

« Non, il ne sous-entendait rien du tout. Mais il ne laissait échapper aucune éventualité.

« Non, il ne pouvait pas répondre à cette question.

« Encore moins à celle-là.

« Les candidats se trouvaient peut-être à Los Angeles, mais peut-être pas.

« Non.

« Oui.
« Non.
« Il était trop tôt pour répondre à cette question.
« Oui.
« Oui.
« Non, l'enquête ne piétinait pas.
« Oui, il y aurait du nouveau avant ce soir.

Jour 4

34

Ed, qui affectionnait le metal hardcore presque autant que le rap de la côte Ouest, sortait de l'écoute symbiotique du *Southern Discomfort* de son groupe culte Eyehategod. Il considérait ce quintette comme les seuls véritables héritiers de Black Sabbath et se sentait régénéré par la puissance des riffs de guitare, l'arrachement de la voix du chanteur et le rythme tantôt lent et lourd, tantôt effréné, de ces morceaux d'anthologie. Eyehategod distillait une musique à la violence hypodermique, intoxicante, fondamentalement hostile. On était loin de ces chansons punk rock niaises à l'agressivité manufacturée pour surfeurs dégénérés, qu'Ed exécrait au plus haut point. Dans sa tête, les riffs se superposaient dans un tourbillon complexe de sentiment de puissance absolue et de haine implacable. Et il allait bientôt pouvoir se défouler un peu…

À l'intérieur de l'appartement, les candidats attendaient nerveusement le résultat. La voix off s'éleva dans les airs : « Chers amis, les votes sont sur le point d'être arrêtés. Donna ? Bruce ? Qui avez-vous décidé d'éliminer du jeu ce soir ? Les résultats sont très très serrés. Il ne vous reste que quelques secondes pour voter… »

Bruce sentait bien que ce soir était son dernier dans le jeu. Ses « amis » l'avaient nominé avec une constance remarquable. Pour lui, c'était probablement un coup des Fédéraux, voire de la NSA, pour l'empêcher de divulguer ce qu'il savait. Sur le « PROJET 51 » notamment, cette expérience secrète effectuée pendant la Seconde Guerre mondiale sur l'intelligence extraterrestre. Déjà la veille, quand il avait abordé le sujet, interrompant une conversation sans aucun intérêt, les regards s'étaient mystérieusement dérobés. On semblait ne lui prêter aucune attention, probablement pour mieux l'obliger à se taire. Mais LUI *savait*. Il *savait* ce que le général Cook avait voulu enfouir au plus profond des dossiers secrets de la CIA, sous une épaisse couche de poussière. Il *savait* les pressions subies par les témoins oculaires, les campagnes de désinformation à grande échelle et ce qu'étaient en vérité les fameux ballons-sondes, grossièrement maquillés, de Roswell. Et si ses petits camarades de chambrée feignaient le désintérêt, c'était avant tout parce qu'ils craignaient pour leurs petites fesses. À raison, d'ailleurs. Ou alors eux aussi étaient à la solde du gouvernement. La Conspiration allait plus loin que ce qu'il imaginait…

« Il est minuit précis. Vous pouvez vous arrêter de voter. Merci, vous avez été encore plus nombreux que d'habitude à vous connecter pour essayer de sauver votre candidat préféré. Alors, qui sera éliminé ce soir ? Bruce ou Donna ? Donna ou Bruce ? Encore quelques secondes avant que l'ordinateur ne rende son verdict... »

Bruce n'avait pas peur d'être éliminé et se réjouissait de devenir bientôt la vedette principale d'une émission de télévision, en direct comme il s'en était assuré. C'était la plus belle occasion qu'on pouvait lui offrir pour révéler la Vérité, pourtant évidente si l'on se donnait la peine de s'y intéresser, à un public à l'esprit obscurci par plus de soixante ans de mensonges officiels. En janvier 2000, un chercheur canadien avait mis en évidence la présence d'acides aminés dans les nébuleuses. La nouvelle avait été pour une fois accueillie sans le scepticisme habituel. Était-ce un début de reconnaissance de la présence de vie extraterrestre ? Ou un moyen d'éloigner une fois encore la perspective d'une forme de vie infiniment plus évoluée, déjà présente sur terre, cherchant à infiltrer la race humaine au plus profond de ses gènes ?

« Le candidat qui va devoir nous quitter ce soir est... »

De toute façon, dans cent millions d'années, quand la fonte des glaces aura fait de notre planète un gigantesque océan, parsemé çà et là de quelques îlots dérisoires, les hommes, qui n'auront pas su accepter leur destin, n'auront plus qu'à rejoindre le tigre à dents de sabres, l'archéoptéryx et le diplodocus aux côtés des espèces définitivement éteintes. Des méduses de dix mètres de diamètre, semblables à des vaisseaux spatiaux organiques avec leurs innombrables tentacules ventouses, seront les déesses de ce nouveau royaume. Des tortunausaures de sept mètres de long et de cent trente tonnes feront la loi sur les rares parties émergées (pas comme cette ridicule petite tortue que Chuck avait débilement surnommée Donatello) et des pieuvres géantes se baladeront, tels des singes araignées, d'arbre en arbre, s'il en reste encore…

« … Donna ! »

Donna crut recevoir un coup de massue. Elle resta bouche bée quelques secondes, avant de se lever en murmurant « D'accord, j'vois le genre… »

Bruce, qui venait de comprendre qu'il lui faudrait rester encore au moins vingt quatre heures de plus enfermé avec d'autres êtres humains, se leva à son tour : « Pardon, je voudrais dire quelque chose ! Euh… je souhaite, en quelque sorte… euh, comment dire, laisser ma place à quelqu'un qui, euh… souhaite plus que moi rester ici. Je veux dire, Donna. Voilà ! Donc, je laisse ma place à… »

Le visage de Donna s'illumina.

La voix off retentit :

— Bruce, cette délicatesse t'honore mais ce que tu veux est strictement impossible. Il y a des règles. Donna, je t'invite à dire au revoir à tes amis et…

— Mais non ! coupa Bruce. Puisque je vous dis que je cède ma place à…

— Bruce, les internautes ont choisi et leur décision est souveraine ! dit la voix off, soudainement impérieuse.

— OK, ça va, ça va ! Oh là là… dit Bruce en faisant la moue.

— Bon alors, qu'est-ce que j'fais ? demanda Donna, faussement naïve.

— Donna, nous t'attendons sur le plateau. Tu n'as plus qu'une minute pour venir nous rejoindre, fit la voix off avant de s'éteindre avec un petit clic métallique.

Donna soupira et prit ses deux petits sacs en vinyle. Ses adversaires étaient en demi-cercle autour d'elle, craignant un dernier accès de fureur de « la rebelle ». Mais Donna se contenta d'un : « Merci beaucoup. Ça a été un véritable plaisir. Je n'oublierai jamais ce que vous avez fait pour moi… », avant de leur tourner le dos, d'ouvrir et de claquer brutalement la porte derrière elle.

Son sang bouillonnant dans ses veines, elle traversa le couloir blanc à longues enjambées et rentra dans le sas. Quand la porte automatique s'ouvrit et qu'elle vit qu'un homme cagoulé, tout en noir, la tenait en joue avec un énorme flingue, elle poussa un hurlement de terreur. Son micro HF se mit presque immédiatement à saturer et, pour les spectateurs, il n'y avait plus qu'un gros plan de visage affolé accompagné d'un larsen assourdissant. Donna ferma les yeux tout en continuant à hurler à plein poumons. Un cri effroyable qui semblait ne jamais devoir finir… Puis le cri resta bloqué dans sa gorge. Un silence absolu s'abattit soudainement, presque menaçant.

Donna, à demi consciente, rouvrit lentement ses paupières bleutées.

Mais d'où venait cette horrible odeur de fumée ? Et ce voile rouge sur ses yeux ?

35

Pour le sous-directeur Martin Steel, une seule chose était claire : Ricardo Sanchez avait merdé. Et pas qu'un peu.

Parce que si le petit rigolo qui était devant lui, tranquillement relié à sa perfusion dans sa chambre d'hôpital bien aseptisée, était bien le mystérieux E. D – et sa carte d'identité au nom d'Eliot Dickinson tendait à le laisser supposer –, il était dans un état incompatible à l'obtention de la moindre information.

De plus, il n'avait pas pu assister à la diffusion de son cher double programme par CBS et, par conséquent, n'avait pas pu ordonner la grâce du candidat éliminé dont Steel avait déjà oublié le nom.

C'était une erreur de croire que ses complices prendraient sur eux la responsabilité d'épargner la victime sans l'ordre final du chef. Et cela même si le contrat était respecté. CBS avait donc enregistré le pire taux d'Audimat depuis sa création pour rien.

Tant d'efforts réduits à néant par l'incompétence d'un petit agent spécial à qui il avait accordé trop facilement sa confiance…

Et si Eliot Dickinson ne se réveillait pas rapidement, les autres meurtres se poursuivraient, chaque jour, jusqu'au dernier. Il avait été bien inspiré de ne pas crier victoire lors de sa dernière conférence de presse sur Channel 6, et de n'avoir à aucun moment évoqué l'arrestation du ravisseur présumé.

Sans compter que Sanchez pouvait tout aussi bien s'être trompé de personne. Il en était capable. Et, dans ce cas, le raffut qu'il avait provoqué lors de l'arrestation sanglante dans la salle Internet de l'université suffisait à ce que le véritable ravisseur fuit le poste 212 comme la peste jusqu'à la fin de ses jours. Les étudiants étaient sortis en hurlant, criant à la bavure policière, ce qui, dans le cadre des scandales toujours pas cicatrisés touchant le LAPD depuis l'affaire Rodney King en 1992 et des exactions (corruption, extorsions de fond et meurtres) de la division de Rampart en 1997, n'allait pas manquer de faire la une du journal de l'université. Il voyait déjà le titre de l'article : « Le FBI frappe encore plus fort que le LAPD ! » Et encore, il était optimiste.

Le pire était encore de ne rien savoir, alors que la réponse était devant lui, quelque part sous les épais bandages qui entouraient le crâne d'Eliot Dickinson.

Steel tournait en rond dans la petite chambre de l'hôpital (le meilleur de Beverly Hills) depuis – il consulta sa montre – deux heures et trente-sept minutes. Il n'allait pas tarder à être bientôt une heure du matin.

Ses deux meilleurs agents, Lewis et Nelson, étaient tous deux au chevet du malade, guettant le moindre signe de reprise de conscience. Le neurochirurgien s'était tout de même voulu rassurant : le choc avait été rude mais le crâne avait bien résisté. Il était un peu commotionné mais allait bientôt se réveiller et n'aurait que de discrètes séquelles, probablement réversibles. « Il a la tête dure, ce petit », avait-il dit. Bien sûr, il ignorait totalement que le « petit » était suspecté d'être le chef d'une équipe de ravisseurs et de meurtriers. Le docteur avait en vain tenté d'interdire l'accès à la chambre de son patient qui, s'il se réveillait, ne serait en aucun cas capable de suivre un entretien prolongé, et encore moins un interrogatoire. Du repos, du repos et encore du repos. C'est ce qu'il préconisait.

« Du repos… » songea Steel. C'est lui qui en aurait bien besoin. Ce n'était pas son genre de faire des heures sup, et encore moins pour aller sur le terrain. Mais enfin, là, avec un suspect alité et déjà menotté aux barreaux de son lit, il ne risquait pas grand-chose. Sans compter Lewis et Nelson. « Le terrain… » Il avait oublié ce que c'était depuis qu'il avait été promu sous-directeur du Bureau fédéral de L.A. Ouest. Mais cette affaire lui redonnait comme une seconde jeunesse. Malgré tout, il ne put réprimer un profond bâillement.

Comme répondant à ses secrets désirs, le malade se mit à remuer les lèvres et un fin filet de bave en sortit.

Lewis et Nelson se levèrent aussitôt de leur chaise.

— Monsieur Steel, le suspect se réveille !

— *Pff…*

— Il essaye de dire quelque chose… dit Lewis.

— *Pffff…* poursuivit Eliot en laissant échapper une épaisse salive.

— C'est complètement inintelligible, fit remarquer Nelson.

Steel s'approcha du lit.

— *Pffff... rrpff,* finit par concéder Eliot avant de retomber dans les bras de Morphée.

Lewis n'hésita pas à lui administrer deux paires de claques tant qu'il en était encore temps. Le succès fut immédiat.

— Ahrr ! Mais *pffa* va pas ? Mais qu'est-*pffe* c'est que *pffa* ? interrogea le malade qui luttait contre une élocution rendue difficile par son traumatisme crânien.

— Enchanté de faire votre connaissance, Monsieur Dickinson, dit Steel en penchant sa petite tête au-dessus de lui. Je me présente, Martin Steel, sous-directeur du Bureau fédéral de L.A. Ouest. Le FBI, si vous préférez. Et voici les agents Lewis et Nelson, qui nous tiendront compagnie.

— Le *pff*BI ? Mais, qu'est-ce qui se *pff*asse ici ? Et d'ailleurs, qu'est-ce que je *pff*ais à l'ho*pffi*... à l'ho*pf-fi*tal... ?

— Vous avez été appréhendé après avoir envoyé un e-mail compromettant de l'université, expliqua Steel.

Eliot Dickinson ferma les yeux et tenta de se souvenir. Des images de poneys commencèrent à lui venir à l'esprit. Mon Dieu, c'était vrai, il s'était connecté à Internet en fin d'après-midi, et après... Mince, qu'est-ce qui avait pu se passer après ?

— Vous semblez vous rappeler, Monsieur Dickinson... Tant mieux, ça facilite les choses, dit Steel avant de marquer un léger silence. Nous savons tout, Monsieur Dickinson. Absolument tout. Vous êtes un ancien étudiant en cinéma, fils d'un prestigieux producteur. Vous vivez seul dans un magnifique appartement à Bel Air, vos parents ne vous voient qu'un dimanche sur deux et vous avez des goûts en matière de sexualité disons… plutôt exotiques. Ah oui, j'oubliais ! Vous envoyez des ultimatums à des chaînes de télévision, en échange de quoi vous exécutez des otages dont vous détenez des images totalement inédites et des éléments que seul le ravisseur, ou l'un de ses complices, est susceptible de posséder.

— Mais qu'est-ce que *pff*est que cette histoire ? Vous… vous êtes malade ?

— Parle pas sur ce ton à M. Steel, p'tit gars, compris ? dit Lewis en lui retournant délicatement le poignet.

— Laissez, Lewis. Laissez. Il ne va pas faire le malin bien longtemps. Parfait. Dans ce cas, nous allons tout reprendre, bien calmement et depuis le début. Quel est ton nom ?

— Eliot. Eliot Dicki… Eliot Dickin*pff*on, réussit à dire Eliot entre deux sanglots.

— Très bien, Eliot. Maintenant, ton adresse e-mail. Attends, je vais t'aider : c'est bien MOTW3000@free.us ?

— Oui, oui, c'est *pff*a…

— Parfait ! Et hier, à 14h37, tu as envoyé discrètement un petit message à Channel 6 ?

— Mais *pff*as du tout ! *Pff*ous jure, j'ai jamais envoyé de messages à Channel *pff*ix ! C'est *pff*as moi, *pff*ous jure !

Steel s'imaginait mal quelqu'un capable de monter une opération consistant à enlever sept personnes pour les abattre ensuite les unes après les autres fondre en larmes comme le fit Eliot Dickinson à ce moment. Et cette idée ne lui plaisait pas du tout. Mais alors vraiment pas.

36

Le meilleur labo du LAPD était celui du commissariat principal : Parker Center. Clara, au sortir de la boulangerie, l'avait rejoint rapidement. Manquant de se faire renverser deux ou trois fois.

Il fallait nettoyer et recoller les bandes cassées ou déchirées. Mais le technicien chargé de ce boulot, un Coréen du nom de Sonny Kim, n'était pas du genre à interrompre son travail en cours. Il passait ses week-ends à casser des piles de briques avec ses mains, ses pieds, sa tête et Dieu sait quoi d'autre et avait une conception bien personnelle des rapports humains. Ainsi, les autres membres de son espèce ne semblaient être sur terre que pour lui causer des problèmes, des désagréments, des tracasseries sans fin. En bref, pour l'emmerder. Mais être une femme dans la police, surtout une dans le genre de Clara Redfield, avait parfois quelques avantages. Malgré tout, elle dut user de son charme comme elle ne l'avait fait que dans de trop rares occasions pour convaincre Kim de remettre ses expertises à plus tard et de s'occuper de sa demande sans délai. Il faut dire aussi que l'affaire prenait tant d'ampleur que c'était plutôt flatteur d'y participer.

Au fur et à mesure que Kim lui donnait les bandes rénovées, Clara les visionnait en accéléré, s'arrêtant quand quelqu'un entrait dans la cabine. Elle notait alors la bande, le moment du passage et établissait une description succincte de la personne dans la cabine. À son grand dam, elle ne disposait d'aucun repère chronologique, M. Martinser n'ayant visiblement pas cru nécessaire d'afficher les dates et horaires en surimpression sur les images. Une fois toutes les bandes remises à neuf, elle quitta Parker Center et retourna à son bureau.

L'unité des personnes disparues était l'une des neuf subdivisions de la DSD, la Detective Support Division. Il y avait, entre autres, l'unité de contrôle des armes à feu (à l'effectif dérisoire), l'unité des crimes de haine, celle des menaces contre les élus ainsi qu'un bureau d'information pour les détectives, ouvert quand celui de Parker Center ne l'était plus. L'unité des personnes disparues avait été créée en 1972, lorsqu'il fut reconnu que ce type d'enquêtes demandait un savoir-faire particulier. Les détectives assignés à cette unité devaient avoir un grand degré de compétence et étaient appelés à la rescousse par les divisions locales de la police de Los Angeles ou du comté. Le Département de la justice avait recensé en l'an 2004, pour le seul comté de Los Angeles, très exactement vingt-quatre mille deux cent trente-cinq enfants portés disparus.

Clara avait passé la soirée et entamait maintenant la seconde moitié de la nuit à visionner les bandes en compagnie du sergent Walter Clegg. On était juste venu les interrompre pour leur dire que c'était Donna qui avait finalement été éliminée. Et tuée de la même façon que Jamie et Chuck, avec apparemment le même calibre que pour ce dernier. Clara serra les dents et se remit au travail. Les cassettes n'avaient même pas été changées à heure fixe mais elle avait appris à identifier la lumière matinale grâce aux ombres des passants. Dès qu'elle pensait que l'heure de midi était écoulée, elle changeait de bande. En plein cœur d'un quartier touristique, le nombre de gens qui utilisaient la cabine était considérable. Vers les 4 heures du matin, alors que le sommeil commençait à la gagner et que ses yeux criaient pitié, un individu retint son attention. Sa conversation avait duré environ cinq minutes, comme précisé par Mme Dedmond, et il se pouvait que l'on soit en milieu de matinée. L'individu était un homme de race blanche, environ vingt-cinq ans, bien habillé. L'image était en noir et blanc, prise avec une caméra de qualité très médiocre et à quinze mètres, avec un reflet dans la vitre de la cabine. Clara transféra les images sur son disque dur et repassa la scène au ralenti. Elle fit un arrêt sur image au moment où l'homme lui apparut avec le plus de netteté et fit un zoom. Elle avait déjà vu ce visage, dur et souriant à la fois. Et elle savait où.

37

Stanley Cardin avait du mal à trouver le sommeil. La journée de la veille avait été mouvementée, et tout ne s'était pas passé comme prévu. Ed avait un comportement de plus en plus étrange. Il s'enfermait à clef dans son sous-sol et ne répondait pas quand on l'appelait. Finalement, Stanley avait fini par forcer la porte et l'avait retrouvé allongé torse nu par terre, en train de remuer la tête de droite à gauche, complètement défoncé. Il avait même oublié de fermer la porte du congélateur, laissant la pauvre Jamie à l'air libre. Stanley avait essayé de lui faire recouvrer ses esprits, enfin, tant est qu'Ed en ait jamais eu. Ed se mit alors à parler. Des bribes de mots incompréhensibles. Mais Stanley y décela un profond sentiment de culpabilité. Il jugea qu'Ed serait incapable d'exécuter son « job », comme il disait, pour ce soir. Il fallait rapidement improviser un plan B. Un ultimatum, c'était une bonne idée.

Stanley se souvint qu'il avait reçu récemment une invitation d'un de ses camarades de promotion : Eliot Dickinson, qui organisait une rétrospective de son œuvre. Enfin, camarade, c'était plutôt une façon de parler. Eliot était le fils d'un des plus grands producteurs d'Hollywood, et même ses professeurs devaient modérer leurs critiques face au génie par définition incontestable du brave Dickinson. Au fil des années, Eliot était devenu à ce point prétentieux que toutes les conversations cinématographiques tournaient autour de ses propres théories, le plus souvent complètement farfelues. Par exemple, l'une de ses théories passait par le rejet total et sans exception de tout ce qui était *numérique*. Comme en photographie, le cinéma s'éloignait peu à peu des bonnes vieilles bandes argentiques pour s'orienter vers le tout-numérique. Des expériences du Dogme avec leurs caméras amateurs jusqu'au nouveau *Star Wars* de George Lucas avec la première caméra numérique haute définition, en passant par les films d'animation de Disney ou de Pixar, le numérique envahissait progressivement les grands écrans. Sans parler des possibilités infinies en termes d'effets spéciaux et de montage. On pouvait être un nostalgique des méthodes traditionnelles et originelles, mais il fallait bien reconnaître que ce nouveau support, ne serait-ce que par la très importante baisse des coûts de production qu'il engendrait, permettait au plus grand nombre de laisser libre cours à sa créativité. Mais, pour Eliot, l'argent n'était pas un problème et la révolution n'était pas *numérique*. D'ailleurs, il n'y aurait pas de révolution. Les gros studios tels que celui dans lequel exerçait son père étaient le nec plus ultra de la production et on ne pouvait raisonnablement pas songer à s'en passer. C'était tellement vrai... surtout pour lui. Par conséquent, Eliot affichait ouvertement un mépris de tout ce qui était *numérique* et poussait le vice jusqu'à refuser de posséder lui-même un ordinateur. Il se rendait donc régulièrement dans la salle Internet de son ancienne université et Stanley l'avait souvent vu, toujours à la même place au fond de la pièce, le nez collé sur l'écran, à surfer pendant des heures.

Stanley avait donc reçu deux semaines auparavant un e-mail d'invitation à la grande rétrospective de l'œuvre d'Eliot Dickinson, qu'il organisait dans son gigantesque appartement de Bel Air pour fêter ses vingt-sept années d'existence. « Vingt-sept années au service du Cinéma avec un grand C », disait-il modestement. Stanley avait donné l'adresse e-mail à Lloyd, qui, après en avoir craqué le login et le mot de passe en moins de trois minutes, était allé discrètement à l'USC pour envoyer un message à Channel 6. Lloyd lui avait expliqué qu'il l'avait fait de manière presque anonyme pour faire perdre du temps à la Brigade informatique du FBI. Stanley lui faisait confiance.

Les preuves qu'il avait apportées avaient suffi à convaincre tout le monde de la validité du message et même CBS s'était plié à ses exigences. Stanley avait suivi avec beaucoup de plaisir la diffusion du *Fantôme de l'Opéra* et de *Phantom of the Paradise* qui comptaient parmi ses films préférés. Évidemment, pour le *Fantôme de l'Opéra*, CBS n'avait trouvé qu'une copie de mauvaise qualité. Le magnifique contraste, la profondeur inouïe du noir et l'éclairage magique des galeries souterraines de l'Opéra de Paris s'en trouvaient profondément altérés. Mais il restait toujours l'incroyable, la magistrale interprétation de Lon Chaney, l'homme aux mille visages, dans le rôle-titre. Bien sûr, le public n'avait pas suivi. Rares étaient ceux qui acceptaient que le cinéma n'ait pas toujours été parlant.

Stanley aurait bien respecté l'engagement de son message, si Ed n'était pas venu tout excité pour savoir qui il devait dégommer ce soir. Ed n'en démordait pas. Il devait tuer quelqu'un dans les plus brefs délais.

Stanley avait rapidement réfléchi. Finalement, tout rentrait dans l'ordre. Le jeu pouvait reprendre son rythme normal et implacable, gage de son crédit. De plus, les exigences n'étaient pas censées être les siennes, mais celles d'Eliot Dickinson. Et puis, que faire des centaines de milliers d'appels pour sauver Bruce ? L'annonce faite par Channel 6 que sa concurrente Donna était donnée largement gagnante avait poussé une quantité incroyable d'internautes à voter pour lui, finissant par inverser la tendance.

Stanley était sûr d'avoir fait le bon choix. Il en était à ce stade de réflexion quand l'alarme de son ordinateur se mit à sonner. Il se leva de son lit et observa l'écran en plissant les yeux. Quelqu'un cherchait à s'introduire dans son ancien appartement d'étudiant. L'image de la webcam, en mode infrarouge, était verte et granuleuse. À sa silhouette, Stanley vit qu'il s'agissait d'une femme. Elle tenait une arme dans ses mains et la précision de ses gestes et de ses déplacements ne laissait aucun doute. C'était un flic. Pas très grande, des cheveux mi-longs et bouclés, une combinaison de cuir. Un peu plus âgée que lui, disons la trentaine, et plutôt mignonne d'après ce qu'il arrivait à voir. Stanley la trouva tout de suite à son goût.

La nuit ne faisait que commencer…

38

Dès qu'elle avait vu le visage en gros plan de l'homme dans la cabine, Clara s'était précipitée sur les dossiers transmis par Penelope, l'assistante du directeur de casting de *The Good One.* D'un doigt fébrile, elle avait tourné les fiches des employés sur lesquelles se trouvaient leurs photos. Voilà ! C'était bien lui : Stanley Cardin ! 1,88m, 24 ans, diplômé avec mention de l'USC School of Cinema and Television et employé pour le travail de… d'assistant. D'origine française.

Elle avait cherché les comptes-rendus des interrogatoires des employés. Absent depuis deux semaines pour cause de vacances à Paris, d'une durée indéterminée. Habite au 326 Hilgard Avenue, Westwood Village. Ensuite, elle avait consulté les données du service des enquêtes et renseignements mais il n'y figurait pas.

Quelle heure était-il ? 4h13 du matin. Devait-elle attendre le lendemain pour obtenir un mandat ? Qu'allait-elle répondre quand on lui demanderait pourquoi elle voulait perquisitionner le domicile d'un jeune diplômé en cinéma qui s'était acheté des micros d'une manière un peu spéciale, soit, mais enfin ?

Après avoir sauvegardé la vidéo, Clara avait enfourché sa moto et foncé sur Santa Monica Freeway en direction du Village. Elle avait traversé la ville au milieu des néons, son esprit s'accélérant lui aussi. L'adrénaline avait provisoirement effacé toute trace de fatigue. Stanley Cardin… Il avait sélectionné ses futures victimes au cours du casting de *The Good One*, en fonction de leur faiblesse psychologique et de leur proximité géographique. Puis il avait acheté des micros et tout le matériel vidéo nécessaire, et trouvé un endroit qu'il avait transformé en studio de télévision. Enfin, il était venu chercher ses candidats ignorants mais consentants dans un mini-van noir. Et le lendemain, à minuit, l'émission pouvait commencer…

Clara ne pouvait s'imaginer que ce soit lui en personne qui abatte les candidats. D'ailleurs, il devait réaliser l'émission pendant les meurtres. Il avait donc au moins un complice. Et probablement plus, vu la complexité logistique de son projet.

Clara gara sa Ducati devant le 326, un petit immeuble en L, revêtu de stuc rose et orné de rampes en fer forgé, situé un peu au sud de la célèbre UCLA. Westwood Village était l'endroit qui comptait la plus grande concentration de cinémas de L.A. C'était un quartier aux rues piétonnes où il faisait bon flâner. Ça pouvait convenir à un Européen.

L'immeuble était constitué de dix-huit appartements répartis sur trois étages. Stanley habitait tout en haut, la dernière porte sur la gauche. En arrivant, Clara constata qu'il n'y avait pas de lumière à sa fenêtre, ce qui la rassura. Elle écouta attentivement près de l'entrée. Aucun signe d'activité. Elle sortit sa lampe de poche et l'introduisit dans l'ouverture réservée au courrier. Le faisceau de la Maglite éclairait une pile de journaux, de magazines encore emballés et de lettres jonchant le sol, juste derrière la porte d'entrée. Elle frappa doucement, puis plus fort. Aucune réaction. Elle crocheta la serrure et la porte s'ouvrit en quelques secondes.

Armée de sa lampe de poche et de son Glock de service, Clara entra doucement dans l'appartement. Elle était presque sûre de n'y trouver personne. Pourtant, son cœur cognait violemment dans sa poitrine. Elle arma le chien et ôta le cran de sûreté de son arme. Elle aurait peut-être dû appeler du renfort.

Une légère odeur, un peu âcre, se dégageait des lieux. Elle avança furtivement, le faisceau de sa lampe déchirant les ténèbres. Elle était dans un vaste séjour parfaitement ordonné. Clara décida de visiter toutes les pièces avant d'allumer la lumière. Une petite cuisine, une salle de bains sans aucun accessoire de toilette, une chambre avec des centaines de livres sur des étagères, un bureau et des affiches de films sur les murs. Clara enfila une fine paire de gants en vinyle et regarda sous le lit, derrière les rideaux, dans les armoires. Il n'y avait définitivement personne, mais l'appartement pouvait être piégé. Elle décida d'allumer la lumière.

Les lieux étaient parfaitement entretenus. Un peu trop même… Cette odeur… De l'ammoniac! L'appartement avait été nettoyé dans ses moindres recoins pour effacer toute trace d'empreinte! Les poignées métalliques des portes étaient immaculées. Dans la cuisine, les verres et couverts étaient également vierges de toute trace. Un travail minutieux qui ne laissait aucune place au hasard. Stanley Cardin n'avait pas fait cela pour lui, mais pour protéger quelqu'un. Un complice qui devait avoir l'habitude de venir chez lui. Un ami… Si l'appartement tout entier, par le soin apporté à faire disparaître le moindre indice, était une preuve à lui seul d'une activité suspecte, il manquait toujours quelque chose : un lien entre lui et les candidats assassinés. Clara jeta un regard au courrier amoncelé derrière la porte d'entrée. Des factures, des abonnements à des revues littéraires ou de cinéma, certaines en français. Un avis de recommandé. Aucune lettre personnelle. Elle retourna dans la chambre. Une gigantesque affiche de *Videodrome* trônait au-dessus du lit. Pas de photos, de carnet d'adresses, d'ordinateur. Rien dans la poubelle du bureau. Elle s'approcha de la bibliothèque. Les livres étaient parfaitement ordonnés. Beaucoup de romans français et américains. Plutôt classiques pour les premiers et policiers pour les seconds. Quelques ouvrages de poésie et de philosophie. Les trois étagères du haut étaient réservées au cinéma. Des livres spécialisés, des biographies ou des entretiens avec de grands cinéastes, des livres d'analyse sur Welles, Godard, Hitchcock, Peckinpah, Scorsese, Lynch, Cronenberg, une encyclopédie du cinéma en douze volumes, des revues techniques classées par numéro, des revues françaises ou américaines aux titres inquiétants : *Mad Movies, L'Écran fantastique, Toxic, Fangoria.* Un soin maniaque semblait accordé au rangement de ces ouvrages. Pourtant, sur le côté droit de la dernière étagère, des revues semblaient bizarrement agencées. Clara monta sur la chaise du bureau pour mieux voir (elle se rappela que l'occupant des lieux mesurait 1,88m).

Il y avait un exemplaire d'une revue isolé de ses

congénères. Le *Mad Movies* n° 36. Malgré le titre, la revue était en français. C'était un numéro ancien que Stanley avait dû ranger précipitamment avant son départ. Elle la prit, ainsi que les autres revues qui semblaient avoir été rangées en même temps. Dans l'une d'elles, un papier marquait la page. C'était une brochure de location de voitures. Le modèle de catégorie X, le Nissan Serena, un mini-van pouvant accueillir huit personnes, était entouré. À côté figuraient des numéros de téléphone que Clara identifia comme ceux de Donna Jackson, Jamie Temple, Heather Sullivan et Tracy Atherton.

Clara sentait à nouveau son cœur cogner dans sa poitrine. Il y avait un espoir pour sauver les quatre candidats restants. Elle regarda sa montre, cinq heures et quart. Devait-elle appeler Steel directement ? La fatigue brûlait ses yeux. Elle ferait mieux de dormir un peu avant. Elle se dirigea dans la cuisine. Il n'y avait pas d'alcool. Elle revint dans le petit salon. Il y avait un mini-bar. Clara l'ouvrit et ses yeux se posèrent immédiatement sur la bouteille de Martini. Mais il n'y avait pas de gin. Tant pis, elle prendrait de la vodka. Vodka-Martini. « Secouée mais non agitée », murmura Clara avant de sourire. Après avoir avalé son verre d'une traite, elle le lava, l'essuya soigneusement et le remit à sa place.

Elle décida de se reposer un peu sur le canapé. En éteignant la lumière, elle entendit un petit *clic*, un peu moins d'une seconde après avoir pressé l'interrupteur.

Clara s'immobilisa dans l'obscurité, tous ses sens en alerte. Mais rien n'arriva. Elle avait dû être victime d'une hallucination. Clara racla sa langue entre ses incisives, pour effacer le goût du Martini. Elle ralluma la lumière. Un nouveau *clic* se fit entendre, comme un écho. Toujours rien. Elle pressa à nouveau l'interrupteur, encore et encore. Le *clic* semblait venir du mur en face du canapé. Clara s'en approcha. Il y avait un autre interrupteur sur ce mur. Et toujours le même petit *clic*. Beaucoup plus proche, cette fois. Sur un meuble assez haut, contre le mur, se trouvait une tête grandeur nature du robot que Clara reconnut comme celui du film *Terminator*. Clara s'en approcha, et, du bout des doigts, activa l'interrupteur. *Clic*.

Oui, ça venait de là, elle en était sûre, de l'intérieur de la tête. Elle se mit en face de la tête et appuya à nouveau. Dans l'orbite métallique du robot, une petite lumière rouge apparut. Clara ralluma la lumière et déplaça la tête. Elle était reliée à un fil. Bon Dieu, si c'était un piège ! Mais non. Il se serait déjà déclenché. En retournant la tête, Clara comprit de quoi il s'agissait. Une webcam ! Le mode infrarouge se déclenchait quelques dixièmes de seconde après que la lumière ait disparu avec un petit *clic*. Elle était donc observée. Et peut-être depuis qu'elle était entrée dans l'appartement.

Inconsciemment, Clara se retourna, cherchant maladroitement la présence de Stanley Cardin d'un regard effrayé. Le regard d'une proie sur le point d'être dévorée.

39

Le logo « News Alert » clignotait sur l'écran.

— **Bonjour ! Ici Dan Rather pour** CBS News. L'affaire dite du « show de la mort » vient de connaître, cette nuit, un nouveau rebondissement. Et vous en êtes les premiers informés. Vous êtes sur CBS News et, avec nous, le sous-directeur Martin Steel du FBI, en charge de l'affaire. Monsieur Steel, c'est une spectaculaire avancée pour l'enquête que d'avoir trouvé l'identité du principal ravisseur présumé…

— Oui, en effet, Dan ! C'est une grande réussite pour le FBI et un grand espoir pour les familles des candidats toujours retenus.

— Il s'agirait d'un jeune Améri…

— Oui, Stanley Cardin. Un Américain d'origine *française.* Il a 24 ans, il est célibataire et n'éprouve aucun sentiment pour ses victimes.

— Un psychopathe ?

— Un serial killer ! Comment pourrait-on le qualifier autrement ?

— Monsieur Steel, on entend çà et là que ce serait le lieutenant Clara Redfield, du LAPD, récemment démise de la direction de cette affaire, qui aurait découvert l'identité de ce tueur en série.

— Dan, vous comprendrez aisément que je n'ai aucun temps à perdre avec ce genre de polémique. C'est aujourd'hui le FBI qui a la charge de cette affaire. L'inspecteur Redfield est sous mes ordres… Et puis je vous informe qu'hier, dès 19 heures, nous avons procédé à l'arrestation d'un ami de Stanley Cardin qui, d'une manière ou d'une autre, est aussi impliqué dans ces enlèvements.

— Un dénommé Eliot Dickinson, le fils du célèbre producteur…

— C'est bien cela, Dan.

— Est-ce l'intervention spectaculaire d'hier matin qui vous a permis d'arriver à un tel résultat ?

— En partie, en effet. Mais je ne veux rien dévoiler à ce sujet. Dan, si vous me le permettez, j'aimerais m'adresser directement à Stanley Cardin, s'il nous entend. Monsieur Cardin, je vous ordonne de nous contacter immédiatement et de nous laisser libérer les otages dans le calme. C'est votre seule chance de sortir vivant de cette situation. Ne la perdez pas. Nous savons qui vous êtes, nous avons perquisitionné votre appartement, le temps joue contre vous. L'étau se resserre inéluctablement et ni vous ni moi ne souhaitons que tout cela finisse dans un bain de sang. Vos actes sont graves, incroyablement graves même, mais une certaine clémence vous sera accordée si vous vous arrêtez maintenant. Vous pouvez me joindre au numéro qui s'affiche sur l'écran. Ne perdez pas de temps…

— Monsieur Steel…

— Excusez-moi, Dan. Je voudrais ajouter que si

certains petits plaisantins souhaitent s'amuser à se faire passer pour notre ravisseur, nos lois prévoient des peines d'emprisonnement allant de deux mois à quatre ans…

— Je pense que le message est passé. Monsieur Steel, pourrions-nous savoir, sans compromettre votre enquête, quelles sont les motivations de ce Cardin ?

— Ce n'est pas à moi de répondre, je ne suis pas psychologue. Nos profilers semblent toutefois s'accorder sur une certaine tendance à la mégalomanie, avec une volonté de tout contrôler et de diriger parfaitement les autres. Ainsi que sur une intelligence exceptionnelle…

— Un peu comme un savant fou jouant avec des rats de laboratoire…

— En quelque sorte, Dan. Même si votre formulation manque quelque peu de délicatesse envers les otages et leurs familles.

— Je m'excuse si mes propos ont heurté la sensibilité des familles dont nous partageons la crainte et la douleur. Monsieur Steel, pensez-vous pouvoir mettre fin à l'affaire du « show de la mort » avant la prochaine exécution, je veux dire… dans l'hypothèse où le ravisseur resterait sourd à votre proposition ?

— J'espère de tout mon cœur que cette histoire finira le mieux et le plus rapidement possible. Maintenant, si vous voulez bien m'excuser, je dois vous quitter…

— Eh bien merci, Monsieur le sous-directeur. Je rappelle à nos téléspectateurs que nous étions en direct pour CBS News en compagnie de Martin Steel, sous-directeur du Bureau fédéral de L.A. Ouest, en charge de l'affaire dite du « show de la mort » et que l'identité du principal ravisseur présumé a enfin été dévoilée. Si vous avez vu ce visage dans les dernières soixante-douze heures, merci de contacter immédiatement la police ou le FBI. Passons maintenant à la suite de l'actualité avec cette histoire étonnante : à Morriton, dans l'Arkansas…

40

Clara avait immédiatement quitté l'appartement de Stanley et contacté le sous-directeur Steel. Celui-ci était arrivé sur les lieux en compagnie d'une équipe de déminage, d'une de la police scientifique et de deux de la télévision. Pour la première fois, il avait écouté ses explications et partagé ses conclusions, même s'il l'avait sermonnée sur la manière dont elle s'y était prise.

L'équipe de déminage avait mis en évidence un ingénieux système de vidéosurveillance. Chaque pièce était sous l'œil d'une caméra. Le système semblait avoir été installé très récemment, probablement quelque temps avant le départ de Stanley Cardin. Mais le petit ordinateur qui connectait toutes ces caméras, caché dans une des cloisons, était vierge de tout indice. Le disque dur avait été intégralement effacé, et cela à distance.

Au petit matin, Clara avait interrogé les voisins de Stanley. Il était décrit comme un garçon discret et ténébreux, assez distant. On l'avait occasionnellement vu ramener chez lui des jeunes filles, rarement deux fois la même. Un des voisins signalait une visite assez récente d'un homme plus âgé. Il fut envoyé au poste afin d'essayer d'établir un portrait-robot.

Les parents de Stanley furent contactés et semblaient tout ignorer des activités de leur fils. Ils ne croyaient pas au voyage à Paris (comme l'indiquait le dossier des employés du casting de *The Good One*), personne de sa famille n'étant au courant là-bas.

Ni ses proches, ni la police, ni le FBI n'avaient à ce moment la moindre idée d'où il pouvait se trouver.

Clara rentra chez elle pour se coucher. Elle avait un message du sergent Walter Clegg sur son répondeur. Il lui expliquait que Steel faisait le malin sur CBS. Mais Clara était trop fatiguée pour s'en préoccuper. Elle s'effondra sur son lit. Sur la table de chevet se trouvait un vieil exemplaire de *1984*. Elle l'avait ressorti de sa bibliothèque au tout début de l'affaire, croyant naïvement qu'elle aurait le temps de le relire. Elle feuilleta les premières pages et tomba sur ces quelques lignes : « *On devait vivre, on vivait, car l'habitude devient instinct, en admettant que tout son était entendu et que, sauf dans l'obscurité, tout mouvement était perçu.* » Elle rejeta la tête en arrière et éteignit la lumière. Orwell avait raison, sauf sur un point : depuis la démocratisation des caméras infrarouges, l'obscurité n'y changeait rien.

Elle n'eut pas besoin de son dernier verre pour trouver le sommeil.

41

Lorsque Lloyd Towles entendit les déclarations de Martin Steel sur Channel 6 et vit le portrait de Stanley sur toutes les chaînes, il prit immédiatement sa décision. Il arrêtait tout. Son système informatique n'avait plus été attaqué depuis le flop de la Brigade informatique et il n'avait aucune amélioration à apporter à son anonymiseur, le logiciel qui lui permettait de masquer l'origine du site de l'émission. Quant aux transferts d'argent venant des connexions et des votes, il pourrait s'en occuper à distance. Stanley devrait maintenant se débrouiller seul. Il ne restait plus qu'à lui annoncer la nouvelle.

Lloyd sortit de son bureau et descendit au sous-sol. Il eut un moment d'effroi lorsqu'il ouvrit la porte du QG. Ed était aux côtés d'un inconnu, un homme d'une cinquantaine d'années. Il resta pétrifié quelques instants. L'homme, qui était de profil, se retourna et lui fit un grand sourire.

— Allez, entre Lloyd. Qu'est-ce que tu attends ?

Lloyd reconnut la voix de Stanley, qui imitait celle d'un vieil homme.

— Qu'est-ce que tu penses de mon déguisement ?

— Merde. J'ai eu la peur de ma vie, espèce de… Mais comment… ?

Stanley décolla précautionneusement son masque de latex.

— C'est un ex-assistant de Rick Baker qui me l'a confectionné.

— Qui ça ?

— Rick Baker, le plus grand maquilleur d'effets spéciaux du monde, après Dick Smith bien entendu. *Le Loup-garou de Londres, Thriller, La Planète des Singes*… Tu vois le genre ? C'est censé être moi quand j'aurai cinquante ans. C'est vrai que ça fait un peu peur. Regarde, il y a aussi les mains. En tout cas, en passant un peu plus de temps à fignoler la pose, je peux demander ma route à n'importe quel flic sans problème.

— Eh bien, ça me rassure un peu. Tu as vu les infos ?

— Ed, vous pourriez nous laisser seuls cinq minutes, s'il vous plaît ?

— Hmm ?

Stanley lui fit signe de sortir en lui adressant un large sourire tout en dirigeant son regard vers la porte. Ed s'exécuta d'un pas nonchalant.

— Bien sûr. Je pensais qu'ils seraient plus rapides pour me retrouver. Quel abruti ce mec ! ajouta-t-il à l'adresse d'Ed quand celui-ci quitta la pièce.

— Stanley, tu te souviens de notre contrat ?

— Oui, Lloyd… Tu pars quand ?

— Maintenant. Je suis certain que tu t'en sortiras tout seul. Je pense qu'ils ne chercheront plus à censurer le site. Le pire pour eux serait de perdre contact avec les disparus.

— Je suis de ton avis. Et puis tu m'as quand même un peu formé, au cas où.

Stanley soupira profondément et regarda son ami droit dans les yeux.

— Tu vas me manquer, Lloyd. Tu pars pour le Panama ?

— Ouais. Je vais y récupérer mon fric avant d'aller me la couler douce aux Bahamas.

Stanley connaissait suffisamment Lloyd pour savoir qu'il lui mentait, mais il ne voulut pas le laisser paraître.

— Un ami me prête son jet. C'est plus sûr. J'espère qu'on se reverra…

— Mais bien sûr qu'on se reverra.

— Stanley, tu sais comment faire pour récupérer ta part ?

— Oui, je sais, Lloyd.

— OK. Bon, y a encore autre chose… Tu te souviens de ce qu'on a dit au cas où l'un de nous deux se ferait prendre ?

— Lloyd !

— Excuse-moi, mais j'ai vraiment la pression. T'aurais pas un petit remontant ?

Stanley lui tendit un miroir et une petite paille.

— Tiens !

— Stanley, tu sais ce qu'on a déjà gagné à nous deux ?

— Non, vas-y…

— 422 !

— Non ! s'exclama Stanley.

— 422 putains de millions de dollars, mon pote !

— Jamais j'aurais pu imaginer que…

— Y a plus de quarante millions d'abrutis connectés en permanence. Sans compter les votes !

Stanley et Lloyd s'étreignirent en riant. Lorsque des larmes commencèrent à couler sur ses joues, Lloyd relâcha son ami. Il se calma et le regarda.

— C'est pour ça qu'on devrait peut-être s'arrêter. Je veux dire, tous les deux…

— C'est toi qui devrais arrêter Lloyd. Si on en est à quarante millions d'abrutis au quatrième jour, alors combien seront-ils pour la finale ? Non Lloyd, je ne voudrais rater ça pour rien au monde.

— Tu t'en fous. Tu laisses les caméras tourner et Ed s'occupe du reste…

Stanley esquissa un sourire.

— Et qui s'occupe d'Ed quand tout sera fini ? Tu fais plus confiance à Ed qu'à moi pour fermer sa gueule, peut-être ?

— C'est vrai. J'avais oublié.

Un long silence s'installa dans la pièce.

— Je dois partir, Stanley.

— Merci pour tout, Lloyd. Fais bien attention à toi…

— Toi aussi Stanley. Ciao !

— Ciao !

En sortant, Lloyd croisa Ed concentré sur une rythmique syncopée de guitares et headbangant violemment, des écouteurs dans les oreilles. Du Slipknot (ou peut-être du Mortician, difficile à dire) à plein volume était audible à dix mètres. Sûr qu'il ignorait tout du sort qui lui était réservé.

Lloyd prit sa voiture, un coupé Mercedes noir dernier cri, et roula en direction de la Marina del Rey en faisant bien attention de respecter la vitesse autorisée. Il n'avait pas trahi Stanley, notamment sur l'argent. Avec la moitié des bénéfices, selon leur contrat, il avait déjà gagné plus de deux cents millions de dollars et ne sentait nul besoin de poignarder son ami dans le dos. Par contre, il avait pris quelques précautions quant à sa future destination. Ainsi que sur son moyen de transport. Il allait rejoindre l'île de Guadalupe sur un voilier qu'il avait loué sous un faux nom et, là, un Falcon 50 l'attendrait pour rejoindre sa banque aux îles Caïmans. Ensuite, il partirait pour le Venezuela, pays ayant le bon goût de ne pas taxer les revenus de source étrangère.

Il s'arrêta dans un drive-in de Compton pour prendre un dernier repas avant son départ. Au moment où il entra à l'intérieur, un lourd silence se fit. Tous les yeux étaient tournés vers le petit téléviseur au-dessus du comptoir, branché sur Channel 6. Jennifer O'Brien venait d'annoncer que les nominations, imminentes, seraient retransmises en direct et en exclusivité sur leur antenne. Chacun y alla de son commentaire, espérant que leur candidat préféré ne fut pas nominé ou, pour certains, que tel autre le soit. Puis ce fut une courte pause de publicité et les conversations reprirent leur cours normal. Sport et cul essentiellement.

Lloyd avala son repas aussi vite que possible et reprit sa voiture. Il fit un crochet pour passer une dernière fois sur Sunset Strip, avant de se diriger vers son bateau. Il se gara à une centaine de mètres de la marina, dans un parking souterrain. Il attendit quelques minutes qu'il n'y ait plus personne, ouvrit la boîte à gants et en éparpilla le contenu. Puis il donna un violent coup dans le rétroviseur intérieur, afin de mimer une lutte. Le verre éclata et son poing se mit à saigner. Lloyd regarda attentivement le résultat de son geste.

Impeccable. Il y avait des traces de sang sur le rétroviseur, la police scientifique pourrait procéder à une analyse génétique et l'identifier formellement. Il essuya sa main avec un mouchoir qu'il remit dans sa poche et y appliqua une compresse. En sortant de la voiture, il effaça d'un revers de la manche les empreintes sur la poignée de la portière passager qu'il laissa déverrouillée. Lloyd jeta un dernier regard à sa Mercedes. Si elle n'était volée d'ici là, la police conclurait à un vol avec violence, avec meurtre probable du propriétaire. Le corps aurait disparu, transporté dans un coffre de voiture pour être jeté quelque part. L'affaire devrait être rapidement classée sans suite… Lloyd sortit du parking, se cachant dès qu'il entendait des bruits de pas. Une fois à l'extérieur, il jeta sa sacoche débarrassée de son portefeuille dans la première poubelle qu'il croisa. Il se dirigea vers un guichet automatique, s'assurant qu'il n'y avait pas de caméra de surveillance et fit le plus gros retrait d'espèces que sa carte lui permettait. Il était maintenant prêt à partir.

Lorsqu'il arriva à la Marina del Rey, l'air vivifiant du Pacifique lui fit oublier quelques instants sa douleur à la main.

Il ne remarqua pas que deux inspecteurs de police en civil attendaient à quelques mètres de son bateau.

42

Pendant qu'il observait les quatre derniers candidats se nominer entre eux, Stanley se mit à penser à la suite des opérations qu'il devrait désormais mener seul. Déjà, tenir trois jours sans se faire localiser par la police et le FBI. Il avait tout fait pour que, si son identité venait à être découverte, il n'y ait aucun moyen de retrouver le lieu où il se trouvait.

À la fin du jeu, une fois le sixième candidat éliminé, il vaporiserait un puissant gaz anesthésiant au vainqueur. Ensuite, il devrait se débarrasser de cette raclure d'Ed Dahmer. C'était la partie la plus désagréable. Il utiliserait le Colt Python qu'Ed laissait toujours traîner au sous-sol. Il devrait ensuite incendier la maison avec de l'essence et en ouvrant le gaz. Puis il partirait avec le vainqueur endormi dans sa voiture et le déposerait sur un terrain vague. Après, il rejoindrait le Mexique par la route d'où, muni de son déguisement et de ses faux papiers, il prendrait l'avion pour Brasilia. Là-bas, dans son cabinet secondaire, le Dr Cavalera, chirurgien pour stars de Hollywood et connaissance personnelle, accepterait de l'opérer en échange de quelques centaines de milliers de dollars. Il attendrait quelques mois à Rio, puis se rendrait en Écosse.

Il y trouverait un endroit bien isolé pour y écrire son scénario, une nouvelle version du *Fantôme de l'Opéra*, la plus fidèle adaptation du roman de Gaston Leroux jamais écrite. Bien meilleure que celle de Joël Schumacher. Un an plus tard, il réapparaîtrait sous sa nouvelle identité, s'inventerait un passé et se lancerait dans le tournage de son film, qu'il produirait lui-même avec les bénéfices de son émission. Il achèterait une magnifique caméra 35 millimètres, voire même deux ou trois, et tournerait dans un noir et blanc superbement piqué. Comme David Lynch pour *Eraserhead* et *Elephant Man* ou les frères Cohen pour *The Barber*. Il tournerait les extérieurs et les scènes de représentations à l'Opéra à Paris, à Prague et en Italie. Il ferait fabriquer des décors grandioses, des galeries qui paraîtraient infinies pour le repaire du fantôme, dans les fondations de l'Opéra. Des catacombes gigantesques, des chambres de tortures médiévales humides et effrayantes, et des dizaines de cachots. Des escaliers géants se perdant dans les eaux limpides et ténébreuses du lac souterrain – il faudrait qu'elles soient magnifiquement éclairées et photographiées – le labyrinthe, la chambre des supplices avec ses miroirs et son illusoire forêt d'arbres métalliques et, enfin, la petite chambre Louis-Philippe, désarmante d'innocence et de simplicité. Il travaillerait particulièrement la scène du lustre tombant sur le public au beau milieu de la représentation de *Faust*, dans un ralenti éprouvant suivi d'un fracas d'une violence inouïe. Le son de l'orgue ferait vibrer les murs, la voix d'outre-tombe du fantôme résonnerait jusque dans les tripes du spectateur et ses ricanements tourbillonneraient dans la salle obscure, sans que l'on sache d'où ils viennent. Il y aurait de grands acteurs, Américains et Français. Il trouverait une jeune cantatrice à la voix cristalline pour le rôle de Christine. Elle serait incroyablement belle et pétillante et tournerait pour la première fois. Et puis, surtout, il y aurait Erik, le fantôme. Il imaginait Christopher Walken dans le rôle. La solitude du héros serait si palpable, son humanité si forte, derrière son apparence monstrueuse, et sa douleur si intense qu'elle déchirerait le cœur du spectateur le plus insensible. Sa prestation serait inoubliable. Il n'aurait aucune concession artistique à faire. Il pourrait contrôler parfaitement son œuvre, de l'écriture du scénario au choix des acteurs, du tournage au montage final. Il pourrait... *réaliser* son rêve... Il n'en avait jamais parlé à personne. C'était son grand secret.

En attendant, les deux nominés étaient Tracy et Andrew.

43

Lloyd monta sur son voilier, respirant déjà à grandes bouffées l'air frais du large. Dans quelques minutes, il quitterait Los Angeles et ses brumes éternelles.

— Monsieur Smithers ?

Une voix derrière lui l'appelait par le nom qu'il avait donné pour la location du voilier. Lloyd se sentit pris de tremblements nerveux. Il essaya d'offrir un visage un peu moins tendu en se retournant, sans réellement y parvenir.

— Inspecteur Campbell, LAPD, poursuivit l'homme sur un ton grave et terriblement professionnel.

Le policier en civil était avec son coéquipier, un grand rouquin à l'air teigneux. Le cœur de Lloyd s'arrêta un instant qui lui parût une éternité, avant de se mettre à cogner mais avec une puissance inouïe.

— Euh, oui ? parvint à dire Lloyd d'une voix chevrotante et si faible qu'il n'était même pas sûr d'avoir répondu quelque chose.

L'inspecteur Campbell glissa sa main dans la partie intérieure de sa veste, en direction de son holster.

— Monsieur Smithers, je vou…

« … arrête pour le triple meurtre de Jamie Temple, Chuck Bartoletti et Donna Jackson », continua mentalement Lloyd, dont l'esprit était sur le point de vaciller totalement.

— … drais vous poser quelques questions au sujet de Debra Scafidi, poursuivit l'inspecteur en sortant une photographie de sa poche.

— Qui ?

— Mlle Debra Scafidi. C'était la jeune femme qui occupait la place 341 de la marina, juste ici.

L'inspecteur Campbell pointait un voilier à deux numéros du sien. Lloyd regarda le bateau d'un air ahuri. Le ponton était fermé par une banderole jaune et noire marquée POLICE LINE DO NOT CROSS. L'inspecteur Campbell lui tendit la photo. Lloyd la fixa sans émettre aucun signe d'activité cérébrale.

— Vous ne la connaissiez pas, visiblement.

— Euh, non. Jamais vue. Je n'ai cet emplacement que depuis quelques jours.

— Oui, depuis le 24 juin exactement, d'après le gardien.

— Oui, ça doit être ça. Qu'est-ce qui est arrivé ?

— Mlle Scafidi a été retrouvée cette nuit… Nue, attachée par les pieds en haut du mât de son voilier. Sa tête… sa tête se trouvait à la proue du bateau. Les mouettes lui dévoraient le visage. Dans sa bouche, il y avait une balle provenant du Penmar Golf Course. Le numéro un y était inscrit au marqueur…

— Ah ! ?

— Je ne vous le fais pas dire. Vous êtes-vous rendu ici entre 18 heures hier soir et 4 heures du matin ?

— Non, j'étais chez moi. Je regardais la télé.

— Je vois. Ne soyez pas si inquiet, Monsieur Smithers. Nous ne pensons pas que le suspect soit assez bête pour revenir sur les lieux avant que la police n'en soit partie. Avez-vous remarqué quelque chose de particulier ici ces derniers jours ? Un passant étrange, par exemple ?

— Euh, non. En fait, c'est la deuxième fois que je viens ici.

— Oui, ça confirme ce que dit le gardien. Eh bien, Monsieur Smithers, je vous remercie pour votre aide. Je vous donne ma carte, au cas où…

— Merci, Inspecteur.

— J'espère simplement que le maniaque qui a fait ça n'est pas parti pour un 18 trous, dit l'inspecteur Campbell en esquissant un sourire désabusé.

Lloyd le regarda, sans comprendre.

— La balle de golf… ajouta l'inspecteur.

— Ah oui. La balle…

— Eh bien au revoir, Monsieur Smithers.

— Au revoir.

Lloyd alla se réfugier dans sa cabine. Il prit une bouteille de scotch dans le mini-bar et en avala la moitié en une gorgée. Puis il alla s'effondrer sur le lit. Lorsque au bout de dix minutes son rythme cardiaque eut repris une pulsation régulière, il décida de larguer les amarres. En sortant détacher le bateau, il vit l'inspecteur Campbell, accompagné de son coéquipier, en train d'interroger un autre propriétaire de yacht. Au moment où il entendit le bruit du moteur se mettre en marche, les deux inspecteurs lui firent un petit signe de la main. Lloyd y répondit de la même manière, avant de jeter un dernier regard à

Los Angeles et ses collines, perdues dans le smog. Il se retourna définitivement, face au large. En quittant le port, il jeta la carte de l'inspecteur dans l'océan et songea au nombre incalculable de tarés qu'il y avait dans cette ville.

44

Pour les quatre derniers candidats, le début de l'après-midi s'était déroulé dans une ambiance quasi militaire. Le maître des lieux les avait soudainement convoqués dans le confessionnal, les interrompant au beau milieu d'une bataille de yaourts. Il s'était déclaré « outré » par leur « comportement infantile » et par le désordre (le mot exact avait été « bordel ») qui régnait dans l'appartement. Bref, ils avaient eu deux heures pour tout remettre en ordre. Après, puisqu'ils avaient « apparemment besoin de se défouler », ils avaient dû subir une séance de step et de fitness, via la diffusion d'une vidéo pour entraînement à domicile. Tracy s'était magnifiquement illustrée et avait prolongé la séance en créant elle-même des enchaînements qu'elle tentait d'imposer à Heather et Andrew (Bruce optant pour un bref sommeil réparateur). Puis la voix off était intervenue pour les féliciter et leur proposer diverses attractions moins physiques. Tracy apprit, à l'occasion d'une brève séance de Trivial Pursuit, qu'il y avait plusieurs langues pratiquées en Europe. Andrew mesura le fossé qui le séparait des autres candidats mais avoua tout de même à demi-mot sa bisexualité au cours d'un émouvant « Action ou Vérité ». Heather s'effondra en évoquant ses problèmes familiaux au cours du test « Et si vous n'étiez pas celle que vous croyez être ? » Bruce, quant à lui, réussi brillamment à démontrer qu'il était possible d'*échouer* à un « psycho-jeu », en répondant de manière floue et générale à des questions précises et intimes.

Puis le maître des lieux diffusa un peu de musique et Tracy et Heather se mirent à danser ensemble. Bruce se plaignit rapidement d'un mal de tête qui l'obligea à se reposer momentanément tandis qu'Andrew commença à ôter sa chemise en déclarant vouloir « vraiment se lâcher ».

Le nombre réduit de candidats et l'intensité de ces activités avaient contribué à resserrer provisoirement et artificiellement les liens dans le groupe et c'était dans une ambiance plutôt morose qu'une fois la petite fête terminée, Tracy et Andrew, entourés de Bruce et Heather attendaient le résultat des votes, réunis pour la première fois sur le même canapé.

Jour 5

45

Ed avait passé l'après-midi à surveiller d'un œil distrait les intrigues complexes entre les quatre derniers candidats, tout en démontant son S & W 647 pour l'huiler. Qui allait être le prochain à goûter à son calibre ? Tracy ou Andrew ? Le public semblait préférer les jeunes filles en fleur aux bisexuels maniaco-dépressifs et c'était finalement Andrew qui achèverait sa vie dissolue ce soir.

Andrew marchait dans le couloir blanc, désert et silencieux, se demandant s'il avait bien fait de participer à pareille émission. Il n'était pas certain d'avoir su faire bonne impression au milieu de ces jeunes décérébrés. La seule personne qu'il était content d'avoir rencontrée était Heather. Peut-être essayerait-il de garder contact avec elle. Mais les autres candidats étaient soit hypocrites et vaniteux soit trop timorés. Et l'idée d'avoir à sourire en face des caméras juste après son élimination l'assombrissait encore. En plus, il était fatigué. Il avait fini la soirée en faisant du trampoline en boxer-short sur le canapé à ressorts, un joint dans une main, une bouteille de tequila dans l'autre. Il en versait le contenu sur son torse d'éphèbe, tout en chantant les paroles d'un groupe punk irrévérencieux, faisant exploser l'Audimat tout en épuisant le capital sympathie d'un public par trop conservateur. Mais dans ces moments, il ne pouvait plus se contenir. Il s'était ensuite effondré sur le canapé et s'était mis à pleurer avant de sombrer dans un état semi-comateux.

Lorsque la porte du sas s'ouvrit, il vit un homme encagoulé, tout en noir, qui le visait avec un énorme revolver muni d'un silencieux. Il entendit un *clic*. Les deux hommes restèrent face à face quelques instants, sans rien comprendre. Puis il y eut un autre *clic* et d'autres encore, plus rapprochés. L'homme en noir regardait son arme.

Andrew se mit à courir, longeant le mur pour tenter d'échapper à ce qui était vraisemblablement un fan fou qui avait réussi à s'introduire dans la villa. Il ne voulait pas finir comme John Lennon. Mais l'homme en noir freina sa course en tendant le bras à hauteur du cou. Andrew était encore debout, mais pas mal sonné. L'homme en profita pour le ceinturer. Andrew se débattait de toutes ses forces mais rien n'y fit. Il se rappela alors une technique de base de self-défense qu'il avait vue à la télé et écrasa son talon de toutes ses forces sur le pied droit de son agresseur, qui lâcha prise. Andrew courut à nouveau vers la porte du fond. Il s'escrima sur la poignée mais elle restait désespérément fermée. Il se retourna. L'homme était à trois mètres de lui, le dos contre le mur. Il sortait des balles de sa poche, en en faisant tomber la moitié par terre. Il était beaucoup trop fort pour engager un combat. Mais il y avait peut-être un espoir de s'échapper en revenant sur ses pas, vers le sas resté ouvert.

Andrew prit son élan et bondit comme un cabri. L'homme en noir ne leva même pas la tête. Il remplissait tranquillement son barillet. Andrew se mit à tambouriner à l'intérieur du sas, en s'époumonant : « Au secours ! À l'aide ! Au meurtre ! »

Ses points frappaient vigoureusement le fond du sas. Il s'aperçut qu'il n'avait jamais eu autant envie de vivre. Mais personne ne semblait l'entendre. Tout était insonorisé. Il se retourna, épuisé. Son agresseur referma le barillet de son arme d'un habile mouvement de la main. Andrew martelait le bouton de fermeture du sas avec son index. L'homme en noir se mit lentement à marcher vers lui, en traînant la jambe. La porte du sas commença à se refermer. L'homme se rapprochait petit à petit en claudiquant, sa tête masquée légèrement en biais, avec une respiration lente et rauque. Andrew croisa son regard. Un regard froid, implacable, inhumain. Puis le regard disparut derrière les portes du sas. Encore trois centimètres et il serait complètement à l'abri...

Quatre doigts gantés apparurent dans l'ouverture. Puis quatre autres, un peu plus haut. Andrew porta les mains à son visage, hurlant silencieusement en se cachant les yeux. Il entendit un bruit sourd, puis cinq autres, et enfin deux ou trois *clics*. Il sentait ses entrailles le brûler. Il écarta ses mains et baissa lentement la tête. Son ventre n'était plus qu'un amas de chairs béantes et calcinées. La porte du sas était maintenant complètement ouverte. Son agresseur était à l'extérieur, haletant, appuyé contre le mur, maculé de sang.

Andrew s'effondra, à moitié à l'extérieur du sas, sur le dos, la tête en arrière. Dans un dernier éclair, il vit une caméra, suspendue au plafond, le fixant de son œil mort.

46

Clara avait la nausée en regardant les images. Le sergent Clegg repassait la scène au ralenti, le visage blafard, lui qui avec ses cent dix-sept kilos arborait généralement un teint rubicond. Il répétait « Quel fils de pute ! » à un rythme régulier.

Le tueur avait oublié de charger son arme et sa corpulence indiquait que ce n'était pas Stanley Cardin mais bien un complice, ce qui confirmait son pressentiment. Elle ne pensait pas que les images lui apprendraient quoi que ce soit d'autre.

— Je vais prendre un peu l'air, Walter. Bipez-moi si vous trouvez quelque chose.

— Oui, à tout à l'heure. Mais quel fils de pute !

Clara sortit et fonça vers la Pacific Coast Highway, qui longeait la baie. Elle avait besoin de voir l'océan pour vider son esprit, empoisonné par le dégoût et le doute. Elle s'installa au bout de la jetée sur pilotis, les jambes dans le vide, fixant les brumes au-dessus de la mer, écoutant le grondement des vagues. Une faible lueur provenait de Catalina Island.

Il n'y avait pas d'empreintes sur la boîte aux lettres d'Yreka. Le FBI faisait de la rétention d'informations et se montrait terriblement inefficace. Aucun des innombrables moyens technologiques qui avaient été utilisés n'avait donné de résultats pour localiser le lieu dans lequel se trouvaient les candidats. On se rapprochait, on recoupait les indices mais on arrivait seulement à comprendre ce qui s'était *déjà* passé. La photo de Stanley Cardin faisait la une du *Los Angeles Times* et du *Washington Post*, des milliers de témoignages affluaient, brouillant les pistes plutôt que de montrer une quelconque voie à suivre. La quantité d'informations obtenues depuis le début de l'enquête était telle qu'il faudrait des semaines, voire des mois pour tout analyser. Et il y avait déjà eu quatre morts. Clara se rappela l'affaire du sniper fou de Washington, qui n'avait pris fin que lorsque le tireur, après dix morts et trois blessés, s'était manifesté par une lettre, se rendant presque. Là, on savait qui, quand et comment le meurtrier allait frapper. Il ne fallait plus que trouver où. Si seulement elle arrivait à prouver qu'ils étaient à Los Angeles, tous les policiers du comté pourraient être réquisitionnés pour fouiller chaque endroit susceptible d'abriter les candidats. Avec de la chance… Mais le sous-directeur Steel voyait les choses différemment. Que faisait-il en ce moment ? S'appuyait-il encore sur les conseils de quelque médium ?

Clara ferma les yeux, laissant dériver ses pensées au rythme des vagues déferlantes du Pacifique. Le minivan n'avait pas été rendu à l'agence de location Hertz de L.A. Ouest. Impossible de connaître le kilométrage effectué. Les architectes qui avaient cru reconnaître l'appartement s'étaient à ce jour tous trompés. Les recherches dans le VICAP[1] n'avaient rien donné mais les réseaux d'État avaient finalement fourni les renseignements suivants: Stanley Cardin. Né le 15/04/1979. 326 Hilgard Avenue, Westwood Village. Numéro de permis de conduire 1947113; délivré en 04/97. Porsche Boxster grise immatriculée NFS 708. Pas de procès-verbal, pas de mandat d'arrêt à ce jour. Casier judiciaire vierge. Son véhicule n'avait pas été repéré aux alentours de son quartier. Il ne possédait pas de ligne téléphonique. Le portrait-robot, réalisé d'après son voisin, de l'ami qui lui avait rendu visite à plusieurs reprises n'avait pour l'instant été d'aucune aide et, pour tout dire, ne ressemblait à rien. On interrogeait ses parents, ses amis, les personnes ayant pu avoir été en contact avec lui. Sans résultat concret.

Clara se leva et posa ses mains sur la balustrade, au bois zébré par des milliers de coups de couteaux à appâts. Est-ce que les enfants venaient encore y pêcher après l'école, comme Walter lui avait un jour raconté? Non, ils devaient préférer jouer sur leurs ordinateurs… Ses mains se crispèrent sur la rambarde. Stanley semblait s'être parfaitement protégé, mettant en échec tous les services de police, de la Brigade informatique à… Un déclic se produisit dans le cerveau de Clara et une décharge d'adrénaline parcourut son corps du haut de son crâne à l'extrémité de ses orteils.

Stanley était décrit comme une personne d'une intelligence stupéfiante et d'une culture exceptionnelle, mais l'informatique n'avait jamais été citée comme l'un

1. Violent Criminal Apprehension Program

de ses pôles d'intérêt. Comment aurait-il pu trouver aussi rapidement et facilement une telle parade à l'attaque frontale faite contre le site de son émission ? Quelqu'un l'avait aidé. Quelqu'un qui maîtrisait ce domaine à la perfection. Un wizard…

47

Dans la nuit, Heather fit un rêve étrange. Elle était dans une salle de concert, seule sur scène, devant un immense piano blanc. Elle jouait avec fougue et talent un morceau complexe et sentait ses doigts s'envoler. Après la dernière note, elle rouvrit les yeux mais ne vit rien de son auditoire. Pourtant, elle sentait sa présence. Il la regardait mais personne n'applaudissait. Qu'est-ce qui n'allait pas ? Les lumières de la salle ne se rallumaient pas. Son public n'était qu'une assemblée d'ombres immobiles et silencieuses.

Elle se réveilla en sursaut mais le rêve était toujours là, en suspension. À côté de son lit, Tracy dormait à poings fermés. Elle se sentit terriblement seule. Elle avait l'impression d'être à cet endroit sans vraiment y être. De se perdre.

Quel but poursuivait-elle en participant à cette émission ? Devenir célèbre ? Vivre une expérience originale ? Satisfaire son ego ?

Elle était observée. Elle le sentait. Elle voyait la caméra infrarouge et sa petite lumière qui clignotait dans les ténèbres. Mais qu'est-ce que l'on observait ainsi ? Quel en était l'intérêt ?

Finalement, l'émission permettait à des gens de regarder d'autres gens qui passaient leur temps à se regarder eux-mêmes. Et, depuis le début, rien ne semblait contrôlé. Ils pouvaient dire ou faire n'importe quoi sans que cela dérange quiconque. La production renouvelait aussi fréquemment que nécessaire les bouteilles du mini-bar. Elle n'avait jamais vu ça dans d'autres émissions du même genre. Apparemment, elle était la seule à s'étonner de ce genre de pratiques. « Mais, profite ! » lui disaient ses compagnons d'infortune.

Elle essaya de se rassurer en se disant qu'elle devait être idiote. Elle se sentait au milieu de nulle part.

48

Le projet Biosphère 2 fut une expérience menée par des scientifiques de l'université de Columbia dans le désert de Sonora, en Arizona. Un gigantesque dôme de métal et de verre fut construit à partir de 1984. Il contenait des mini-écosystèmes (biomes) incluant une forêt dense, une forêt tropicale, un désert et même un océan. Le but était de voir si huit personnes pouvaient survivre pendant deux ans en milieu fermé. L'expérience commença en septembre 1991. Elle fut suivie d'une seconde mission, plus courte (six mois), en 1994. Le site fut ensuite ouvert au public, à partir de 1996.

C'est en s'inspirant de ce projet et en l'associant au phénomène grandissant de la webcam que John de Mol, alors âgé d'une quarantaine d'années, fit naître le concept de real life soap ou télé-réalité. En 1994, le producteur hollandais s'associe à Joop Van den Ende, responsable des chorégraphies de Holiday On Ice, pour fonder Endemol, société de jeux et de divertissements dont le siège se trouve à Hilversum, à quelques kilomètres d'Amsterdam. S'inscrivant dans la lignée de *The Real World*, émission lancée en 1992 sur MTV et montrant jour après jour la vie d'un groupe de jeunes gens dans un appartement, *Big Brother* apparut pour la première fois en septembre 1999 sur Veronika, une petite chaîne privée des Pays-Bas. Tenus en haleine pendant plus de trois mois, les téléspectateurs devaient, par les scores d'audience exceptionnels qu'ils entretenaient, bouleverser le paysage audiovisuel de leur pays, puis celui de l'Europe et du monde entier. Cinq hommes, quatre femmes, âgés de 20 à 44 ans, enfermés dans une maison de la banlieue d'Amsterdam, sous l'œil de caméras cachées dans toutes les pièces. Lorsqu'en 2000 le jeu de télé-réalité passa les frontières allemandes, le ministre de l'Intérieur intervint publiquement pour appeler au boycott de ce programme « portant atteinte à la Constitution », dont l'article premier affirme que « la dignité humaine est inaliénable ». La presse évoqua « une résurgence de l'espionnage des citoyens par la dictature de la RDA ». En Pologne, en Norvège, l'Église tenta de faire interdire le programme, contribuant à accroître son succès. En Italie, l'émission, rebaptisée *Grande Fratello* (28,16 % d'audience moyenne, 33,45 % d'audience maximale) déclencha la colère du pape qui y vit lui aussi une « violation de la dignité humaine ». L'Espagne, la Suède, le Portugal, la France, la Belgique, la Grande-Bretagne puis les États-Unis et l'Australie en 2001, le Mexique, le Brésil, la Roumanie, le Japon, la Chine… tous ont désormais leur propre version de *Big Brother*. En Colombie, le président de la République Alvaro Uribe en personne profita de l'audience pour y présenter son nouveau référendum. Scandales, débats, controverses. Mais toujours énorme succès, à la télévision comme sur le Net. Des suites apparaissent chaque année: *Big Brother 2, 3, 4, 5*…

Parallèlement, d'autres concepts se développent, où l'on demande plus aux candidats que de se languir interminablement. Manger des yeux d'autruches ou un cocktail de trois mille-pattes, trois araignées, cinq criquets et trois scarabées dans l'édition française de *Fear Factor*, briser son couple (pour économiser un billet d'avion) dans *L'Île de la tentation*, se faire humilier par un jury sadique de professionnels du spectacle censés faire accéder leurs candidats au rang de star.

Mais, outre-Atlantique, l'exploitation des candidats prend d'autres dimensions. Dans *The Ultimate Fighter*, la chaîne câblée Spike TV invite ses candidats à se départager à coups de genou dans la figure, de frappes de poings et de coudes au sol et d'étranglements (deux millions six cent mille téléspectateurs pour suivre la finale à Las Vegas le 9 avril 2005).

Dans *Extreme Makeover*, la chaîne ABC paye elle-même une équipe de chirurgiens plastique pour transformer en sept semaines une malheureuse candidate. Liposuccion, pose de prothèses mammaires, liftings, les caméras s'invitent en salle d'opération. Le point d'orgue de l'émission a lieu lorsque la candidate fait découvrir à sa famille son nouveau visage. MTV, dans *I Want a Famous Face*, propose à ses candidats de subir de nombreuses opérations de chirurgie esthétique pour ressembler, autant que faire se peut, à Pamela Anderson, Britney Spears, Brad Pitt ou Elvis Presley.

« Spectaculaire mais pas assez d'action ! » c'est ce qu'ont dû penser les producteurs de *Combat Missions*.

Aussi USA Networks a demandé à d'anciens bérets verts, d'ex-membres de la Marine, du SWAT, de la Delta Force ou de la CIA de former des équipes capables d'affronter une invasion de camp militaire, d'effectuer un débarquement en hélicoptère ou de désamorcer une bombe dans un bunker. Les seize candidats de *Boot Camp* (diffusé sur la Fox) subissent quant à eux des épreuves physiques et morales infligées par quatre instructeurs des Marines. Punitions (un candidat s'est vu interdire de dormir pendant quarante sept heures) et humiliations sont au rendez-vous. En décembre 2003, la chaîne publique anglaise BBC 1 a diffusé durant trois semaines, à l'heure de plus forte audience, l'émission *Hunting Chris Ryan*. Le concept : Chris Ryan, authentique vétéran de la guerre du Golfe, pourchassé dans la jungle du Honduras ou en Sibérie arctique par quatre anciens soldats des forces spéciales. L'émission s'est finie en apothéose par sa capture musclée.

À l'intérieur de l'appartement, Heather commençait de plus en plus à douter. Quel était le véritable enjeu de cette émission à laquelle elle participait depuis maintenant cinq jours ? Le public se passionnait-il réellement autant que la production tentait de le faire croire ? Et qu'allait-elle devenir une fois sortie du jeu ? Tout était si étrange ici. Était-elle la seule à se poser ces questions ?

49

Quelques mètres en dessous, Ed Dahmer se livrait à de bien curieuses activités. Il y avait deux congélateurs au sous-sol. Chacun d'eux pouvait contenir trois corps. Chuck, Donna et Andrew étaient dans le premier et Jamie dans le second. Au début, il avait mis Chuck avec Jamie. Mais ça ne marchait pas. Il ne pouvait supporter l'idée que Jamie se retrouve seule avec un homme. Non, Jamie ne méritait pas ça. Elle était si… comment dire ? Si… *pure.*

Aussi avait-il déplacé Jamie pour l'installer confortablement dans un congélateur tout propre, et la contempler à l'occasion. Mais l'autre était maintenant rempli et, même en tassant, un quatrième corps ne pourrait rentrer. Et dans quelques heures…

Il n'y avait donc qu'une seule possibilité : faire de la place. Pour cela, il fallait démembrer les corps. Mais le patron lui avait dit de se tenir à carreau depuis sa bourde de la veille, quand il avait oublié de recharger son arme après l'avoir nettoyée. Malgré tout, Ed alla dans le débarras pour voir ce qu'il avait comme outils à sa disposition. Une pelle, une pioche, plusieurs marteaux. Pas de scie à métaux, pas de tronçonneuse…

Ed soupira. La remise contenait quantité d'accessoires hétéroclites, mais rien de vraiment utile à ses desseins. Soudain, son regard s'arrêta sur un bidon en plastique blanc portant une large étiquette bleue. Il se baissa pour le prendre et lire ce qui était inscrit. Bingo ! De l'acide pour piscine ! Ed sentit une bouffée de chaleur monter en lui. Il se mit à genoux à l'endroit où il avait trouvé le bidon. Il y en avait quatre autres derrière. « J'ai trouvé ! » lança-t-il du fond de sa remise, en jetant un regard par-dessus son épaule, sa voix se réverbérant légèrement dans la pièce vide. Ed remit le bidon à sa place et referma la remise à clef. Il attendrait l'heure des nominations pour voir ça. Le patron serait occupé et il n'y aurait pas de risque de se faire surprendre. Il retourna près du congélateur de Jamie et se mit à écouter attentivement. Aucun bruit. Tout avait l'air tranquille. Son cœur cognant dans sa poitrine, il ouvrit la porte horizontale du congélateur. Jamie était toujours là, resplendissante avec ses cheveux décoiffés et ses lèvres bleutées. Ed lui caressa le cou d'une main tremblante qui se voulait pleine de tendresse et de compassion.

« Ça y est, j'ai trouvé un moyen de se débarrasser de ces p'tits salauds. Personne viendra t'embêter, tu verras. T'as plus rien à craindre. Ma Belle au Bois dormant. »

50

Dans son minuscule appartement de San Francisco, Matt Sullivan, le frère d'Heather, grattouillait nerveusement sa Gibson Les Paul Standard achetée d'occasion chez un prêteur sur gages de North Beach, tout en regardant d'anciens extraits de *The Last One* sélectionnés par Channel 6. On y voyait Andrew aux prises avec Heather et Tracy, au sujet d'une flaque dans la cuisine qu'il refusait d'éponger. La situation : un homme et deux femmes enfermés dans un appartement et se liguant tour à tour les uns contre les autres, lui rappelait vaguement une pièce de théâtre qu'il avait étudiée à l'école, un an auparavant. Un truc français qui s'appelait… Matt fit un effort surhumain pour retrouver le nom du bouquin. Ah oui, voilà : *L'enfer, c'est les autres.* Ou quelque chose approchant.

En tout cas, ça ferait un chouette titre de chanson. Et puis il connaissait bien ce type de rapports, lui aussi, au sein du groupe de punk rock qu'il tentait de former avec Jason, Bobby et Linda. Leur premier titre autoproduit, *Sex for the President*, dont le refrain était une litanie pour que Monica Lewinski intervienne auprès du président Bush afin de calmer ses ardeurs guerrières, avait peu de chances de connaître l'honneur d'une diffusion sur les ondes radio. Pas assez consensuel. Et puis il fallait bien avouer que la batterie sonnait comme une casserole. C'était un peu de la faute de Linda mais Bobby insistait pour qu'elle reste dans le groupe. Enfin, cela ne le préoccupait plus vraiment. Matt abandonna sa guitare et retourna suivre les aventures de sa sœur sur son vieil ordinateur. Il n'était pas sorti de chez lui depuis l'annonce de sa disparition et le début du jeu. Les emballages des livraisons de pizzas s'amoncelaient dans son appartement jusqu'à réduire dangereusement son espace vital. Il suivait l'émission jusqu'à vingt heures par jour, ne l'interrompant que pour voir les informations et les émissions spéciales de Channel 6. Il connaissait le caractère de chacun des candidats sur le bout des doigts et ne s'était jamais senti aussi proche de sa propre sœur. D'ailleurs, depuis le matin, celle-ci n'allait pas très fort et semblait très préoccupée. Pas très bon pour sa popularité…

À force de suivre le jeu en continu et dans ses moindres détails, Matt avait élaboré une théorie pour devenir le candidat idéal. Premièrement, et c'était très important, ne pas avoir l'air blasé en rentrant dans l'espace réservé au jeu. Toujours apprécier la déco, s'étonner des moindres objets originaux, et faire comprendre que l'on est gâté par la production. Puis, rapidement, se débrouiller pour que quelqu'un soit le chef du groupe. Si le nombre de candidats est supérieur à cinq, il y a généralement scission et donc deux chefs. Là, deux stratégies : soit devenir chef soi-même, ce qui est le mieux, soit, si c'est trop difficile, en faire son meilleur ami et son confident. Jusqu'à la trahison finale. S'il y a deux chefs, se diriger naturellement vers le groupe le plus solide, car rien n'est pire que de tomber dans le mauvais groupe. Mais, dans un jeu où les candidats se nominent entre eux, il est fondamental de se mettre le moins possible de personnes à dos. Participer aux batailles d'oreillers, de mousse à raser (un classique à bien savoir négocier), de liquide divers, tout en affirmant son caractère. Les insultes à petites doses sont autorisées, si l'on sait également dire « C'est clair ! » dès qu'une vérité fondamentale, ou considérée comme telle, sur la vie a été exprimée par un candidat. Au confessionnal, il est important, en particulier pour les filles, de mettre en avant sa « profondeur », et d'expliquer une petite baisse de popularité auprès de ses camarades par un excès de bonne volonté. « Je suis *trop* entière, *trop* naturelle, j'ai *trop* de joie de vivre. » On peut éventuellement conclure ses confidences par un ultime : « C'est clair ! » Les garçons quant à eux essayeront de ne pas paraître trop machos, et s'excuseront sans trop de délai en cas de manque de délicatesse. Une première fois dans un face-à-face sincère avec la demoiselle concernée et une seconde fois, publiquement et sans orgueil, face à la caméra. Pour les uns comme pour les autres, en cas d'événement positif survenu au cours de la journée, et de manière systématique en cas de faveur accordée par la production, on utilisera la formule consacrée : « C'est que du bonheur ! »

Il est également fondamental de ne pas exploser de rire pendant le cérémonial des éliminations, ce qui est toujours très mal vu par les autres candidats, et en particulier par ceux en danger.

D'une manière générale, il faut savoir se faire remarquer auprès des téléspectateurs tout en gardant l'esprit de groupe. Car ceux qui s'en écartent, comme l'avaient fait Donna Jackson et peut-être Heather en ce moment, finissent toujours par le payer. D'ailleurs, en général, le gagnant était tellement apprécié dans le groupe, que son dernier concurrent, fût-il un ancien ennemi, souhaite à demi-mot le voir remporter la victoire finale.

Enfin, ne jamais oublier que l'ultime décision appartient au public et que le caractère du candidat est ce qu'il perçoit le plus facilement, et surtout ce en fonction de quoi il juge. Des larmes occasionnelles apportent indiscutablement un plus, mais la dépression au-delà de deux jours lasse le spectateur. Andrew en avait fait les frais. Quant au fait d'avoir un enfant en bas âge dans le cadre d'une famille monoparentale, comme pour Donna, c'est indiscutablement un plus. Mais cela peut s'avérer à double tranchant vers la fin, certains spectateurs préférant renvoyer le candidat près de son petit plutôt que de le voir faire le guignol sur les plateaux télé.

Voilà, en quelques mots, ce que Matt aurait à dire à un postulant à un jeu de télé-réalité en chair et en os. Et cela n'engage que lui.

Finalement, il avait recontacté sa mère. Elle avait hypothéqué la maison et avait tout dépensé pour voter pour Heather, la veille. Matt espérait que sa sœur ne serait pas nominée ce soir contre Tracy. Car il ne faisait aucun doute que Tracy, elle, serait nominée. Et il ne voyait pas comment sa mère pourrait lutter contre la débauche de moyens déployée par les parents de Tracy pour sauver leur fille unique. Ils avaient créé une fondation et vendaient des T-shirts et des bibelots à son effigie. Les fonds récoltés étaient investis en votes. Non, son seul espoir était que la police vienne la délivrer avant qu'il ne soit trop tard.

L'écran de son PC lui renvoyait l'image de sa propre impuissance.

51

Clara n'avait pas dormi de la nuit, relisant des dizaines de fois les déclarations des parents et des connaissances de Stanley, les rapports des policiers qui quadrillaient la zone où il habitait et écumaient chaque bar où il était susceptible de s'être rendu avec son complice. Personne ne reconnaissait le visage du portrait-robot effectué grâce aux précisions d'un de ses voisins. Au petit matin, Clara convoqua le père de Stanley, informaticien, dans les locaux de l'unité des personnes disparues. Il lui confirma que, à sa connaissance, son fils n'avait pas la capacité de déjouer la Brigade informatique, pour laquelle il avait déjà eu l'occasion de travailler. Elle lui avait ensuite montré le portrait-robot.

Le père de Stanley ne reconnut personne.

— Regardez attentivement, Monsieur Cardin. Je suspecte cet homme d'être informaticien, comme vous. Essayez de l'imaginer avec des lunettes, une barbe, une casquette, n'importe quoi…

Après trois longues minutes d'intense concentration, M. Cardin concéda que l'homme, si l'on pouvait l'appeler ainsi, avait peut-être, bien que très légèrement, un « petit air de Towles », un collègue avec qui il avait été ami quelques années auparavant mais dont il ne se rappelait plus du prénom. En consultant le registre des employés de l'entreprise pour laquelle il avait travaillé, Clara retrouva sa trace : Lloyd Towles, 43 ans, retraité depuis deux ans. Elle consulta le service des enquêtes et renseignements et apprit qu'il était porté disparu depuis vingt-quatre heures probablement victime d'une agression dans sa voiture. Son véhicule avait été retrouvé dans un sous-sol, à proximité de la Marina del Rey.

Clara serra les dents et composa fébrilement le numéro de la division de Los Angeles Ouest du LAPD. Elle demanda à parler à l'inspecteur chargé de l'enquête sur la disparition de Lloyd Towles. L'inspecteur lui apprit qu'on avait trouvé des traces de sang, actuellement en analyse, dans son véhicule, et qu'un important retrait d'espèces avait été effectué aux alentours de l'heure de sa disparition. Pour lui, cela confirmait la thèse du vol comme motif de l'agression. Il s'empressa d'ajouter qu'il était justement sur le point de transmettre l'affaire à l'unité des personnes disparues. Clara sourit en écoutant le ton embarrassé de l'inspecteur à l'autre bout du fil. Elle demanda que le dossier lui soit transmis personnellement et immédiatement, ce qui fut le cas. Elle reçut une copie du premier rapport d'enquête qui contenait une photo récente de Lloyd Towles récupérée à son domicile. Elle fit un agrandissement de la photo et l'envoya aux vingt-quatre bureaux de police de Los Angeles, en mentionnant que l'homme était à interpeller sans délai s'il était reconnu.

Puis elle décida d'aller perquisitionner son domicile de Pacific Palisades. Son coéquipier, le sergent Clegg, demanda s'il pouvait venir lui aussi cette fois-ci. Lourdement handicapé par ses cent dix-sept kilos, il n'avait pas l'habitude d'aller régulièrement sur le terrain. En fait, il ne devait son maintien dans la police que grâce au soutien sans faille de Clara. Elle avait vanté ses nombreux mérites d'inspecteur, la qualité de ses contacts avec les proches des disparus ainsi que le recul exceptionnel qu'il avait sur les affaires en cours. Cette distance lui permettait d'avoir toujours la tête froide et d'apporter à Clara des points de vue qu'elle n'aurait pu concevoir, trop absorbée par la réalité quotidienne de l'enquête. Clara appréciait également d'être seule sur le terrain. Les gens se confiaient plus facilement à une jeune femme seule qu'à un duo de policiers de choc comme on en voyait dans les séries. Cela lui permettait également d'explorer des pistes qui pourraient paraître complètement absurdes à un coéquipier. Et elles l'étaient, le plus souvent. Mais quand ça marchait… Et puis elle pouvait travailler sans contraintes d'horaires, se concentrer pleinement sur son affaire plutôt que sur les problèmes de couple de son coéquipier, et ne pas s'arrêter sans cesse pour manger des tacos, des enchiladas et des burritos géants et dégoulinants. Ce qui était le seul gros défaut du sergent Clegg. Ils formaient un duo insolite, essuyaient régulièrement des blagues douteuses mais, bon Dieu, ça fonctionnait sacrément bien ! Et beaucoup mieux que pour la plupart de ses collègues. Malgré tout, à cause de son poids, la carrière de Clegg semblait devoir s'arrêter au grade de sergent, ce qui, bien que très honorable, nourrissait chez lui une sorte de complexe d'infériorité. C'était parfois amusant, parfois gênant pour Clara.

— Alors, c'est bon ? Je peux t'accompagner ? redemanda le sergent Clegg, excité comme un gamin.

— Mais oui, bien sûr, répondit Clara. On prend ta voiture, je suppose ?

— Oui, oui. Si ça ne te dérange pas… Tu verras, tu seras contente. On ne s'arrêtera pas une seule fois. Après le chili con carne que je me suis enfilé ce midi…

Enfermée pendant plus d'une heure dans le pick-up deux places du sergent Clegg, vitres fermées pour échapper à la pollution des embouteillages monstrueux qui étaient l'enfer quotidien des habitants de L.A., alors que Clegg avait mangé un chili con carne avec supplément de haricots rouges, Clara ne se rappelait pas avoir vécu récemment si pénible situation. Sauf peut-être à la fin de l'affaire de la petite Shirley. Mais Clara chassa rapidement ce souvenir de ses pensées.

Arrivés à Pacific Palisades, ils aperçurent la grille de la villa de style victorien de Lloyd Towles dressée devant eux, majestueuse. Un officier de police de la division de Los Angeles Ouest attendait en fumant clope sur clope, pour leur remettre les clefs de la somptueuse demeure.

Une fois à l'intérieur, Clara constata… qu'il n'y avait rien à constater. Un mobilier luxueux mais disparate (acheté sur eBay ?), une cuisine tout en inox, un home cinema et une DVDthèque gigantesque presque exclusivement composée de DivX. À part l'absence notoire du moindre ordinateur, ce qui était plutôt étonnant de la part d'un informaticien à la retraite, rien, absolument rien, ne permettait d'établir le moindre rapport avec Stanley Cardin et son émission.

52

« Bienvenue pour ces cinquièmes et dernières nominations ! Je vous rappelle que nos candidats jouent aujourd'hui leur place pour la grande finale qui aura lieu demain soir à partir de minuit. Nous allons savoir dans quelques instants quels sont les deux derniers candidats à être nominés et qui aura, dès ce soir, sa place pour la finale. Heather ? Tracy ? Bruce ? Ce sera alors à vous de choisir… »

C'était le signal attendu par Ed pour commencer à se mettre au travail. Le patron était dans son QG et il disposait d'une petite dizaine de minutes de tranquillité.

Il alla chercher les bidons d'acide et versa les dix litres dans le congélateur qui contenait les corps de Chuck, Donna et Andrew. Chuck, qui en matière d'épilation du torse choisissait l'association du laser et des ultrasons afin d'obtenir des résultats optimaux tout en préservant son épiderme, sans risque de brûlure ni de dépigmentation, vit sa peau se calciner et se mettre à faire des bulles. L'acide, au contact du givre, dégageait une fumée blanchâtre. Une odeur pestilentielle commençait à s'échapper du congélateur. Ed préféra le refermer et attendre un peu. Il regrettait de ne pas maîtriser l'acide aussi bien que son gourou Jeffrey Dahmer. Mais Jeffrey Dahmer ne tenait pas particulièrement à faire disparaître ses martyrs. Il préférait les dépecer, faire bouillir leurs têtes pour en détacher la peau et les yeux, rôtir leurs torses, déguster leurs cœurs et manger leurs pénis « marinés au vin blanc, avec de la salade et du homard. Miam ».

Ed jeta un regard à l'écran montrant les trois derniers candidats attendre le résultat des nominations. Tracy et Heather s'étaient nominées entre elles et Bruce avait nominé Tracy. La voix off annonça : « Les deux derniers nominés sont donc : Tracy et Heather ! Bruce, heureux d'être en finale ? »

Merde ! Il fallait se dépêcher. Ed rouvrit le congélateur pour voir l'évolution de la réaction chimique, malgré l'odeur insoutenable des chairs en train de se dissoudre. Il fut déçu. Chuck avait bien un peu diminué de volume mais ses compagnons n'avaient fait aucun effort et continuaient ostensiblement à occuper une place beaucoup trop importante pour permettre d'en faire rentrer un quatrième. Les tissus n'étaient que superficiellement attaqués par les vapeurs d'acide. Il lui faudrait plonger totalement les corps dedans pour espérer une amélioration. Mais avec dix litres, seul Chuck, occupant la place du fond, baignait suffisamment pour se dissoudre correctement. Et, malgré tout, l'acide n'était pas assez fort pour faire fondre ses os. S'il voulait que les trois cadavres, en tout cas leurs tissus mous, se dissolvent, il fallait rajouter de l'eau. L'effet serait plus lent et moins spectaculaire mais, au moins, ce soir, Jamie pourrait dormir tranquillement. Ed alla chercher un tuyau d'arrosage dans le fond de la remise et le brancha au lavabo des toilettes. Il fit couler l'eau et courut rejoindre l'autre extrémité pour la mettre dans le congélateur. Au moment où l'eau se mélangea à l'acide, il y eut une épaisse fumée blanche, qui irritait le nez, la gorge et les yeux. Puis le savant mélange explosa. Ed reçut des projections sur le visage et poussa un hurlement en tombant à genoux. Il était brûlé, il le savait. Il se dirigea péniblement dans les toilettes et arracha violemment le tuyau pour se rincer. Sa peau était bouillante et le tirait horriblement. Quand il eut fini, il releva la tête pour se voir. Il fut rassuré. Mis à part quelques taches rouge brun et quelques cloques assez inesthétiques, son visage était resté le même. Ce n'était pas comme dans les films, où la peau fondait presque instantanément. Ed retourna dans la pièce principale et vit que plus aucune fumée ne sortait du congélateur. Il s'approcha timidement. Donna baignait dans l'acide à son tour. Ce serait suffisant. Il referma la porte horizontale et épongea le sol.

Surtout que le patron ne s'aperçoive de rien…

53

Le bipeur de Clara se mit en branle. Elle décrocha immédiatement.

— Lieutenant Redfield, j'écoute.

— Oui, Redfield, c'est moi ! J'ai deux mauvaises nouvelles à vous annoncer. Une mauvaise et une mauvaise. On commence par laquelle ?

La voix à l'autre bout du réseau n'était autre que celle de Blackthumb, le chef adjoint des Affaires internes. Clara n'était pas particulièrement étonnée de son entrée en matière, tant il était vrai qu'il avait rarement d'autres choses à annoncer que de mauvaises nouvelles.

— Par la première, répondit Clara.

— La première, c'est que j'ai discuté un peu avec Steel. Malgré tout ce qu'il raconte, j'ai compris qu'il n'avait pas le plus petit chouïa d'embryon de début de piste pour son enquête. Bref, il veut que vous l'appeliez pour lui soumettre vos derniers avancements.

— Ouais, on verra. Passons à la mauvaise nouvelle, maintenant.

— Vous avez jeté un p'tit coup d'œil à l'émission ces trois dernières minutes ?

— Non, je suis sortie il y a plus d'une heure, répondit Clara, qui sentit son cœur se serrer dans sa poitrine.

— Je m'en doutais, à votre petit ton décontracté. Et bien, de toute façon, ça ne sert plus à rien. L'émission s'est arrêtée.

— Comment ? Qu'est-ce que vous dites ?

— Parfaitement, Redfield. Ça déprimait gentiment après les nominations et puis, paf ! plus rien, écran noir. Fini, quoi. Et ce n'est pas un coup de la Brigade informatique, Steel vient de me le confirmer.

— Mais c'est une catastrophe ! dit Clara, complètement abasourdie.

— Ben oui, plus aucune trace des trois derniers candidats. Le néant. Le trou noir…

Clara se mit à dévaler les escaliers en direction du gigantesque téléviseur qu'elle avait vu dans le salon de Lloyd, tout en essayant de poursuivre la conversation :

— Mais attendez. Vous dites que l'émission s'est arrêtée subitement, comme ça, sans prévenir ?

— C'est très exactement ce que je vous dis, répondit Blackthumb.

— Alors, c'est peut-être simplement un incident technique. Ça ne doit pas être calculé. Ça va sûrement revenir d'une minute à l'autre, dit Clara tandis qu'elle allumait nerveusement le poste.

— C'est tout ce qu'on peut espérer, Redfield. Bon, je vous laisse. Channel 6 à l'air d'en savoir plus que nous.

Et il raccrocha.

La première chaîne qui apparut sur l'écran relatait l'événement dans un flash spécial. Il était encore trop tôt pour avancer quoi que ce soit, mais l'arrestation des ravisseurs par le sous-directeur du FBI, Martin Steel, n'était pas à exclure. Sur la deuxième chaîne, on suspectait que Stanley Cardin ait finalement préféré arrêter son émission et fuir tant qu'il en était temps. Sur Channel 6, on attendait la réaction imminente, par téléphone, des parents de Tracy qui était nominée pour le soir même. Jennifer O'Brien s'inquiétait que les remarquables efforts des parents de la jeune fille, leur lobbying actif, à grand renfort de spots publicitaires sur leur propre chaîne (grassement payés, mais cela ne fut pas mentionné) pour inciter à voter pour leur fille, ne servent finalement à rien.

Clara entendit un grand fracas provenant de l'escalier. Trente secondes plus tard, le sergent Clegg apparut sur le pas de la porte du salon, l'air de rien.

— Alors, l'émission s'est arrêtée ?

— Oui, Walter, elle s'est arrêtée.

— Mais c'est une catastrophe !

Clara ne répondit pas. Elle était perdue dans ses pensées. Il n'y avait plus d'émission et elle n'avait trouvé aucun indice permettant d'établir une quelconque connexion entre Lloyd Towles et Stanley Cardin. Et encore moins de le retrouver.

Un terrible doute l'envahit. Et si elle avait eu une mauvaise intuition ? Si elle s'était fourvoyée d'une façon éhontée, comme une petite débutante ? Et s'il était déjà trop tard ?

54

Heather passa l'après-midi à se poser des questions de plus en plus inquiétantes. D'habitude, dans les autres jeux, les candidats éliminés appelaient ceux qui restaient pour leur donner des nouvelles, leur dire ce qui se passait après l'émission Elle n'avait même pas pu joindre ses parents ou son frère avant son départ et n'avait reçu aucun appel. Cela faisait partie des règles, elle le savait, mais c'était quand même bizarre. La production leur avait diffusé des messages de leurs proches leur disant combien ils leur manquaient, des sanglots dans la voix. Mais ça ne faisait que quelques jours qu'ils étaient partis.

Non, elle devait se faire des idées. Après tout, les contacts étaient rompus pour un temps très court, ce qui expliquait l'absence de nouvelles. Et puis ils recevaient du courrier de leurs fans. Quant à la voiture, elle devait sortir par-derrière pour éviter d'éventuels paparazzi. Et l'inquiétude des parents était bien compréhensible. Savoir leurs petits livrés à eux-mêmes… D'ailleurs, elle était bien la seule à s'inquiéter comme cela. Ça devait être du fait de sa nomination.

Pour se rassurer quant à sa popularité, elle décida de relire quelques lettres de ses admirateurs. Les timbres et les adresses indiquaient qu'il y en avait de partout : Californie, Floride, Nevada, Oregon, Nebraska, Texas, Kentucky, Arizona, Arkansas, New York. Partout elle était appréciée. Sa gentillesse, sa douceur, sa sincérité. Toujours les mêmes mots pour lui dire combien on l'aimait. Toujours les mêmes encouragements, les mêmes marques de sympathie, les mêmes… Heather scruta l'enveloppe d'une des lettres, puis celle d'une deuxième, d'une troisième…

Toutes avaient le même cachet de la poste !

55

Tandis que Clara s'apprêtait à quitter la villa de Lloyd Towles sans rien y avoir trouvé d'utile, Channel 6 lança une nouvelle « News Alert ! ».

Jennifer O'Brien annonçait maintenant que, après une interruption de dix-huit minutes aussi soudaine qu'incompréhensible, l'émission *The Last One* venait de reprendre son cours normal. L'arrêt momentané avait entraîné une déferlante d'informations contradictoires, en rien enrayée par l'absence totale de preuves tangibles. Après avoir évoqué la possibilité d'une libération des candidats par le FBI, ou au contraire leur fin dans une explosion accidentelle ou non ou encore la fuite du réalisateur poursuivi ou non par le FBI, l'hypothèse la plus répandue à cet instant était celle de la simple panne technique. Un ingénieur en télécommunication était attendu après une courte pause pour tenter d'éclaircir ce mystère.

Clara se sentit soulagée. D'un : les candidats étaient toujours en vie, et de deux : elle avait eu la bonne intuition.

Elle sentit quelque chose se mettre à gigoter dans la

poche de son pantalon. C'était son bipeur. L'appel provenait de Parker Center, le commissariat central du LAPD. C'était le lieutenant Campbell, chargé de l'enquête du tueur à la balle de golf. Il avait reçu la photographie de Lloyd Towles et l'avis de recherche qu'elle avait envoyés.

Il était certain d'avoir vu Lloyd Towles embarquer sur un voilier, loué sous le nom de M. Smithers, et quitter la Marina del Rey la veille vers 14 heures. Il l'avait même interrogé pour son enquête. Il était certain qu'il n'y avait pas de rapport entre les deux affaires, mais il avait tout de même trouvé son comportement bizarre. Il ne lui avait pas demandé sa destination. Depuis, le voilier n'était pas retourné au port.

Les taches de sang dans la voiture n'étaient donc qu'une mise en scène grotesque pour faire croire à une disparition.

Clara contacta immédiatement le sous-directeur Steel pour lui faire part de sa découverte, lui demander d'obtenir un mandat d'arrêt international et de lancer la police maritime et celle des douanes à ses trousses, s'il n'était pas déjà trop tard, lui fournissant l'immatriculation et une description complète du voilier.

— Attendez Redfield, calmez-vous et reprenez tout depuis le début, furent ses premiers mots.

Jour 6

56

Heather était paralysée par le stress mais son cerveau, lui, tournait en accéléré. Si c'était elle qui était éliminée, alors elle refuserait de quitter Bruce et Tracy. Dans l'après-midi, elle avait simulé un malaise et une douleur intense dans le bas du ventre. Elle avait demandé à être consultée d'urgence par un médecin, disant que ça lui était déjà arrivé, qu'elle avait oublié d'emmener ses médicaments avec elle au moment de son départ précipité et qu'il lui fallait une injection très rapidement. La voix off lui avait dit d'aller dans le confessionnal et là, on avait essayé de la convaincre que le jeu serait bientôt fini et qu'il fallait attendre encore un peu. Elle s'était mise à menacer la production, arguant qu'elle courrait un grave risque de malaise voire de mort imminente. On lui répondit qu'elle exagérait et que c'était dû au stress des nominations. Elle se mit à pleurer. Elle était certaine que son entretien ne serait pas diffusé. Une fois calmée, elle était retournée avec ses compagnons qui essayèrent en vain de la réconforter. Elle était désormais convaincue que ce jeu n'était pas comme les autres. Et elle voulait s'en sortir par tous les moyens. Mais il fallait agir avec plus de finesse vis-à-vis de la production. Elle savait qu'elle était en sécurité à l'intérieur avec les autres et souhaitait plus que tout gagner du temps.

À côté d'elle, Tracy avait d'autres ambitions. Rester et gagner le jeu pour être propulsée dans l'univers des stars de la télé ou, à défaut, réussir sa sortie pour être remarquée par un producteur. Avant tout, rester digne. Pas comme cette petite gamine d'Heather qui avait passé l'après-midi à se ronger les ongles.

« Vous pouvez vous arrêter de voter. C'est encore un nouveau record de participation pour tenter de départager nos deux candidates, au coude à coude. La réponse dans quelques instants. Tracy, qu'est-ce que vous regretteriez le plus si vous deviez partir ce soir ? »

Tracy faisait son show. Les questions qu'on posait à Heather, en revanche, n'appelaient que des réponses par oui ou par non et étaient soigneusement étudiées pour ne pas mettre la production en danger.

« Eh bien, merci à toutes les deux et maintenant place aux résultats des votes ! »

Avec une précision d'horloger, Stanley fit une pause de quelques secondes pour faire monter la tension sans trop impatienter son public.

« Celle qui nous quittera ce soir est : Tracy ! »

« Oh non, c'est pas vrai ! », fit Tracy, désagréablement surprise. Puis, reprenant le dessus, elle se leva et prit son sac, avec toute la dignité dont elle était capable. C'était le moment des adieux. Bruce la prit froidement dans ses bras et lui souhaita bonne chance. Lorsqu'elle se retourna vers Heather, elle vit deux grands yeux apeurés. Heather se mit à lui parler en chuchotant, la main sur son micro.

— Tracy, reste, je t'en supplie. Il ne faut pas que tu partes seule. Il se passe des choses bizarres, je t'assure!

— Mais quelles choses bizarres, Heather?

— J'ai l'impression que ce jeu n'est pas réel. Je veux dire... ce n'est pas un jeu normal.

« Allons, allons, il faut y aller! » fit la voix off.

— Mais qu'est-ce que tu racontes?

— Je crois que c'est un piège, il ne faut pas sortir.

« Tracy, il faut partir maintenant. Tout le monde t'attend. »

Tracy regarda une dernière fois Heather et y vit une de ces filles sans avenir, pas encore tout à fait sortie des jupes de sa mère, incapable de se prendre en charge et, bien qu'étant dans une situation plus confortable vis-à-vis du jeu, jalouse d'elle. Caractéristique.

— T'inquiète pas. Tout va bien se passer, tu verras, lui dit-elle en ouvrant la porte du couloir. Elle ne se retourna pas en la refermant, préférant oublier le visage crispé par une peur complètement irrationnelle. Pauvre fille.

Tracy marchait maintenant d'un pas assuré, le menton haut et le regard fier, droit vers son destin. Elle se trouvait jolie, intelligente et sensible. Elle était le stéréotype de la fille branchée de L.A. À peine sortie des bras de sa nurse salvadorienne, elle avait fait refaire ses seins et son nez par un grand chirurgien de Beverly Hills. Il ne lui restait plus que l'opération des fesses à effectuer, mais ses parents étaient réticents. Pourtant, pour à peine plus de quatorze mille dollars, elle pourrait avoir un rapport taille/hanche de 7/10, mondialement reconnu et apprécié. Il suffisait de prendre la graisse du ventre et d'en réinjecter une partie au bas du dos et sur le côté des fesses. Au bout d'un an, on perdait 10 % de sa graisse, et l'ensemble se trouvait magnifiquement stabilisé. On avait alors ni plus ni moins que le cul de (tenez-vous bien)... Jennifer Lopez, LA référence ultime en matière de fesses rebondies. Elle en avait longuement parlé à Donna, qui, en raison de ses origines caribéennes, était naturellement gâtée à ce niveau. Sans parler de ses seins, qui étaient tout simplement « é-normes », et cela sans aucun ajout de silicone. La vie est parfois tellement injuste...

Quoi qu'il en soit, Tracy n'était pas du genre à se démoraliser. Elle mangeait macrobiotique et entretenait sa forme par des séances quotidiennes de yoga et de fitness à domicile, avec un prof particulier très en vue. Elle connaissait personnellement le photographe qui avait réalisé le calendrier *Playboy College Girls* de l'année précédente. Enfin, elle connaissait quelqu'un qui connaissait quelqu'un qui travaillait à la CAA, Creative Artists Agency, LA mythique agence des stars. Elle était passée à deux doigts de la finale parce qu'elle n'avait pas encore mis tout son charme en action. Mais le public allait rapidement s'apercevoir de son erreur et succomber à son charisme détonant.

Le sas s'ouvrit et ses rêves s'éparpillèrent sur le lino blanc. Sa chanson fétiche était *In Da Club* de 50 Cent. Son film préféré *Dirty Dancing.*

57

Comme prévu, les corps de Chuck et Donna s'étaient suffisamment liquéfiés pour que celui de Tracy, en tassant un peu, rentre dans le congélateur surpeuplé. Ed, dont le visage prenait de nouvelles couleurs, brunes et violettes, suivait parallèlement les éditions spéciales de CBS, ABC, CNN et Channel 6. Apparemment, ce dernier meurtre était la goutte d'eau qui avait fait déborder le vase. Steel était en ligne de mire et les polices de Los Angeles et du comté étaient montrées du doigt pour leur lenteur et leur incompétence. Les familles des candidats éliminés, armées de leurs avocats, préparaient déjà un procès spectaculaire et réclamaient des millions de dollars pour la perte de leurs chers. Et tout cela, c'était quand même un peu grâce à lui, Ed « Weird » Dahmer !

Pour Tracy, il avait opéré de façon nette et sans bavure. Sa petite maladresse de la veille pouvait lui être pardonnée. Mais il se sentait frustré. Que pouvait penser de lui son maître dans l'au-delà ?

Après son arrestation, le psychopathe Jeffrey Dahmer était devenu une véritable star. À l'issue de sa première année de prison, comme la loi l'y autorise, il avait participé à une émission de télévision. Il choisit la célèbre *Inside Edition* et y fit forte sensation en décrivant en détail, posément, ses actes d'assassinats, de viols, de torture, de dépeçage et d'anthropophagie. Il y expliqua sans sourciller qu'il s'était, depuis, considérablement assagi et qu'il était devenu un bon chrétien. Malheureusement pour lui, Christopher Scarver, l'un de ses codétenus de la prison de Portage, alla plus loin que lui dans ce domaine en se prenant pour la réincarnation du Christ lui-même. Le 28 novembre 1994, il reçut un ordre du ciel et assassina Jeffrey Dahmer à coups de barre de fer dans la salle de douches. La mère du célèbre psychopathe demanda aussitôt que le cerveau de son fils soit prélevé et conservé pour être étudié dans le futur mais son ex-mari l'attaqua en justice pour non-respect des dernières volontés de son fils qui souhaitait être incinéré. Un an passa. Le 12 décembre 1995, la Cour de Columbia donna raison au père et ordonna la destruction du fameux cerveau. Parallèlement, plusieurs familles de victimes, représentées par l'avocat Robert Steurer, souhaitèrent récupérer les affaires personnelles du tueur en série afin de les mettre en vente et ainsi obtenir quelques indemnisations. Le même juge de Columbia, Daniel George, leur donna raison. Et, après une redoutable campagne marketing, furent ainsi mis en vente aux enchères et pour quelques centaines ou milliers de dollars, les couteaux, les scies, les haches, les perceuses, les foreuses à trépaner, les tondeuses à déchiqueter et les très prisés ciseaux à pénis.

Et lui qui se servait d'un vulgaire revolver! Alors que les plus grands serial killers maniaient avec brio toutes les armes blanches possibles et imaginables… Il y avait encore un moyen de se rattraper, pour le lendemain, mais ce serait sa dernière chance. Alors batte de base-ball ou pioche de jardinage ?

Sa tête penchait pour la batte dont il avait déjà acquis une certaine expérience au cours de ses jeunes années, mais son cœur lui murmurait que c'était avec la pioche qu'il deviendrait célèbre. Plus difficile à manier mais tellement plus spectaculaire. Il fit quelques moulinets pour s'entraîner. Oui : la pioche ! Ça tombait sous le sens.

58

Heather, maintenant seule dans la chambre des filles, n'arrivait pas à trouver le sommeil. Au moment où Tracy avait quitté l'appartement, elle avait mis tous ses sens en éveil. Mais elle n'avait rien perçu. Strictement rien. Aucun bruit. Et notamment pas de voiture quittant la villa. Elle se sentait de plus en plus perdue. Bruce, qui avait partiellement entendu sa conversation avec Tracy, préférait ignorer la situation. Elle se dit qu'elle avait dû être ridicule. Elle devait devenir folle. Elle s'adaptait mal, et cela se voyait trop. C'est elle qui allait perdre demain, elle en était sûre. Il fallait se reprendre. Et trouver un moyen de se sortir de ce guet-apens sans éveiller les soupçons de la production. Elle avait envie de dire à ses parents où elle se trouvait mais, à vrai dire, elle ne le savait pas vraiment. Ils étaient quelque part au nord de Los Angeles, au-delà des collines d'Hollywood. Ils étaient passés devant les neuf lettres mythiques et avaient roulé pendant encore trois quarts d'heure. Ils étaient quelque part aux alentours de Glendale, Burbank ou Pasadena. Il y avait ces magasins de voitures d'occasion et un aéroport pas très loin. Elle se souvint d'un nom de rue qu'elle avait vu en arrivant. C'était un nom étranger. Van quelque chose. Van Kens, Van Vins, Van Nuts ? Non, c'était plus compliqué. Et quand bien même elle le retrouverait et le dirait à voix haute, on ne le diffuserait pas. L'émission devait être en léger différé pour éviter ce genre d'incidents. Pourtant, il fallait trouver quelque chose. Et vite. Elle espérait que la nuit lui porterait conseil.

59

Pour Stanley, l'après-midi ne s'était pas très bien passée.

D'abord, il y avait eu cet abruti d'Ed Dahmer qui avait inondé la salle des moniteurs avec un tuyau d'arrosage. Stanley avait cherché à comprendre le pourquoi du comment avant de renoncer face aux réponses évasives et aux raisonnements alambiqués qu'Ed essayait vainement de fournir. À la base, c'est Lloyd qui avait exigé que le courant soit fourni par un générateur indépendant. Il craignait qu'en cas de coupure locale d'électricité, ce qui était malgré tout assez fréquent, la police ou le FBI, voyant l'émission s'arrêter en même temps, finisse par les localiser. À l'inverse, ce qu'il n'avait pas prévu, c'est que le crétin de service décide un beau jour de transformer le congélateur en aquarium, laisse l'eau déborder jusqu'à ce qu'elle passe sous la porte qui séparait la pièce du fameux groupe électrogène, finissant par provoquer un court-circuit qui aurait pu se révéler mortel. Stanley avait dû interrompre son émission le temps de trouver un fusible à l'aide du briquet en bout de course de ce bon vieil Ed, briquet qui était devenu la seule source de lumière du sous-sol. Les candidats ne s'étaient aperçu de rien. Ils étaient restés à papoter dans le salon qui disposait d'une fenêtre (non cadrée dans l'émission) et le seul préjudice qu'ils aient eu à subir fut le re-réglage de l'horloge du four à micro-ondes.

Mais ce qui était beaucoup plus inquiétant, c'était le changement d'attitude d'Heather dans l'après-midi. Elle avait subitement voulu partir et avait failli compromettre la fin du jeu.

Il fallait l'avoir bien à l'œil.

Stanley se replongea sur les coupures de journaux qui parlaient de son émission. Globalement, la presse avait adopté le titre de CBS : *Le Show de la mort.* Mais certains titraient *Teenage TV Massacre* en référence au *Texas Chainsaw Massacre*, l'un des plus grands films d'horreur jamais réalisés. Un slasher hyperréaliste, malsain, poisseux. Incontournable.

Sous-genre du splatter movie ou film gore, le slasher se caractérise par un tueur sadique qui décime un groupe d'adolescents à intervalles réguliers tout au long du métrage. Le plus souvent à l'occasion d'une fête au cours de laquelle les protagonistes sont réunis : *Blood Feast*, *Halloween*, *Friday the 13th*, *Mardi Gras Massacre*, *Mother's day*, *Graduation Day*, *Final Exam*, *Prom Night*, *Meurtres à la Saint-Valentin* (un *Meurtre à la Saint-glinglin* serait en préparation). Il s'agit parfois d'un stalker film. Le tueur est alors masqué, débile et se distingue par une démarche régulière, lente mais implacable vers sa proie (*Halloween*, *Vendredi 13*, *Souviens-toi l'été dernier*). Dans tous les cas, il s'agit d'un film de psycho killer, dont les origines remontent à des films tels que *Psychose* (Hitchcock 1963) ou

Le Voyeur (Michael Powell, 1959), dans lequel le tueur transperce ses victimes avec son pied de caméra tout en filmant leur agonie (gros scandale en Grande-Bretagne), voire à *M Le Maudit* (Fritz Lang, 1931) ou au *Cabinet du Dr Caligari* (Robert Wiene, 1919). L'aspect systématique des meurtres et surtout l'effet gore qui les accompagne sont à mettre au crédit d'Herschell Gordon Lewis avec le précurseur *Blood Feast* (1963) et de Mario Bava avec *Six femmes pour l'assassin* (1964), qui lancera en Italie la mode du giallo (caméra subjective, gants noirs, armes blanches et meurtres esthétisants) et surtout *La Baie sanglante* (1971).

Wes Craven (*La colline a des yeux*, la série des *Nightmare on Elm Street* et enfin celle des *Scream*) est peut-être le maître du slasher, qui connut son apogée dans les années 80 mais perdure aujourd'hui. Leatherface, Freddy Krueger, Jason Voorhes et Michael Myers en sont les représentant les plus talentueux et ont atteint, comme Dracula, Frankenstein, le Loup-garou et la Momie en leur temps, le statut de mythe moderne.

Stanley trouvait que comparer sa petite émission avec de telles références était un bien trop grand honneur.

60

Il était 5 heures du matin et Clara n'arrivait toujours pas à trouver le sommeil. Il ne restait que dix-neuf heures avant la fin programmée de *The Last One* et, pour l'instant, aucune action de la police ou du FBI n'avait réussi à affecter le déroulement du jeu tel que Stanley Cardin et son complice Lloyd Towles l'avaient imaginé. Et aucun candidat n'avait pu être épargné.

Clara sentait monter la rage en elle. Si seulement Steel lui faisait confiance. Les moyens du FBI étaient colossaux, mille fois supérieurs à ceux de la police et, depuis le début, rien ne filtrait. Steel devait probablement savoir des choses mais se les gardait sous le coude. En tout cas, il n'avait rien fourni capable de faire avancer son enquête. Peut-être qu'en fait il n'avait rien du tout.

Elle avait dû passer une heure avec lui au téléphone pour qu'il comprenne le lien entre Stanley Cardin et Lloyd Towles. Il était passé du dédain au scepticisme, avant de daigner étudier l'hypothèse. Et, en attendant, Tracy était morte.

Clara ne se souvenait pas d'avoir connu pareils sentiments de rage et de révolte depuis l'enquête qui avait marqué le tournant de sa carrière deux ans auparavant, celle que tout le monde dans la police connaissait sous le nom de « l'affaire de la petite Shirley ».

Shirley avait neuf ans depuis une semaine lorsqu'elle fut enlevée alors qu'elle rentrait de son école située dans un quartier plutôt tranquille de Brooklyn. Clara en avait alors trente et un et travaillait à l'unité des personnes disparues de New York. Cette unité ne s'occupait que des disparitions d'adultes, les disparitions de mineurs de moins de dix-huit ans étant l'affaire des postes de police locaux où étaient déclarées les disparitions. Les procédures étaient très différentes dans les deux cas et Clara n'était pas habilitée à s'occuper de ce type d'affaires.

Chez les adultes, plus de 80 % des disparitions sont volontaires. Une grande majorité de ces disparus reviennent tout aussi volontairement à la maison après quelques jours d'escapade. D'autres sont localisés et quelques-uns sont arrêtés parce qu'ils étaient en cavale. Dans 10 % des cas, les raisons de la disparition sont impossibles à déterminer et 5 % de disparitions involontaires concernent des adultes dépendants (souffrant de maladies type Alzheimer et non pourvus de bracelets GPS) qui ne retrouvent pas le chemin de chez eux. Ce qui fait que 95 % du travail de Clara était un simple travail d'enquête et d'interrogatoires des proches des disparus. Son travail de routine. Les adultes enlevés par un étranger (ou dans des conditions qui permettent de penser qu'ils l'ont été) représentent un peu moins de 1,5 % des cas. Mais Clara savait que, pour les enfants, les statistiques étaient tout autres.

Clara avait appris la nouvelle de la disparition de Shirley non pas par un avis de recherche, ni par une conversation glanée dans un couloir du commissariat, mais de la bouche même de sa mère, Eleonor, sa sœur aînée. Une semaine plus tôt, Clara fêtait avec elle l'anniversaire de sa petite nièce Shirley.

Elle contacta immédiatement la brigade en charge des disparitions de mineurs pour instruire l'affaire. Les premiers indices étaient ceux que lui avait fournis sa sœur : Shirley Anderson, 9 ans, disparue entre 16 heures et 16 h 30, quelque part entre son école et son domicile. Les précisions que Clara apporta sur le trajet et les habitudes de la disparue furent soigneusement recueillies mais, n'appartenant pas à la division des mineurs, elle fut interdite d'enquêter sur le terrain. Et cela d'autant plus que la personne disparue était un membre de sa famille. L'inspecteur en charge de l'affaire voulait d'abord (tout en acceptant d'exclure une disparition momentanée et volontaire) vérifier la bonne foi du père de Shirley, qui, divorcé et sans la garde de son enfant, était le suspect le plus probable. Ce type de procédure était parfaitement justifié, la majorité des enlèvements d'enfants étant le fait d'un membre de la famille. Mais, pour avoir côtoyé son beau-frère pendant presque dix ans, Clara savait qu'il était parfaitement incapable de faire une chose pareille. La procédure habituelle, qui donne statistiquement les meilleurs résultats, était dans ce cas particulier le meilleur moyen de perdre tout espoir de retrouver Shirley vivante, si elle l'était encore. Mais l'inspecteur connaissait mieux les disparitions d'enfants que Clara et l'inquiétude de cette dernière, bien que légitime, était préjudiciable au bon déroulement de l'enquête.

Clara était allée voir le psy de la police, lui avait parlé de ses troubles du sommeil et de la disparition récente de sa nièce, et avait ainsi obtenu un arrêt de travail. Elle avait prévenu le capitaine de son unité qu'elle était arrêtée pendant trois jours pour raisons médicales. Le capitaine avait été préalablement averti de la situation par l'inspecteur en charge de ce qui allait bientôt devenir « l'affaire de la petite Shirley ».

« Ne déconnez pas, Redfield ! » l'avait-il averti.

Clara donna immédiatement rendez-vous à sa sœur Eleonor devant l'école de Shirley, avec une photographie récente de sa fille. Elles se retrouvèrent devant le grand portail un peu moins de trois heures après sa disparition. Eleonor travaillait tous les jours jusqu'à 19 heures, et ne pouvait pas aller chercher sa fille. Clara s'était toujours inquiétée de ce problème, mais il n'y avait pas d'autres solutions que de laisser Shirley faire le chemin (qui normalement prenait moins de dix minutes) à pied en compagnie de son camarade de classe Scotty qui habitait l'immeuble d'à côté. Le problème était que ce jour-là, Scotty avait quarante de fièvre et n'était pas allé à l'école. Ni la mère de Scotty, ni Shirley n'avaient prévenu Eleonor de ce changement d'habitudes, et Shirley avait décidé de rentrer seule. Elle n'avait pas non plus appelé pour dire qu'elle était bien arrivée comme elle le faisait tous les jours, ce qui avait déclenché l'alerte.

Les deux sœurs commencèrent à faire le trajet qui reliait l'école de Shirley à son domicile. Sur les indications de Clara, Eleonor commença à interroger les commerçants qui se trouvaient sur le trajet pour savoir s'ils avaient vu, en fin d'après-midi, sa petite fille. Elle devait présenter la photo de Shirley et donner une description précise de ses habits et de son comportement. Elle devait ensuite demander s'ils avaient vu ou entendu quelque chose d'anormal entre 16 heures et 16h30. Clara rentrait la première et faisait semblant de flâner dans le magasin, tout en tendant l'oreille pour ne rien perdre des réponses. On pouvait peut-être l'empêcher de mener l'enquête, mais on n'allait pas reprocher à la mère d'une petite fille disparue de ne pas tout faire pour la retrouver. Ainsi, lorsque l'inspecteur officiel passerait quelques heures plus tard, ou plus sûrement le lendemain, pour poser les mêmes questions, les commerçants diraient que la mère de la petite fille était déjà venue. « Non, ce n'était pas un policier. Elle est grande avec des longs cheveux noirs tout lisses. Non, c'était sa mère, je l'avais déjà rencontrée. »

La boulangère en face de l'école avait bien vu Shirley, puisqu'elle lui avait vendu deux pains au chocolat. Elle s'était même étonnée de l'absence de Scotty. Par contre, le libraire chez qui Shirley avait l'habitude de passer pour feuilleter des bandes dessinées sans jamais en acheter une (sauf pour Noël et son anniversaire), ne l'avait pas vue ce jour-là. Mais Shirley ne passait pas tous les jours. Par contre, il avait remarqué un véhicule bizarre stationné depuis le milieu de la matinée un peu plus bas dans la rue et qui était parti entre 16 heures et 16h30. Le véhicule était plutôt original et crachait une fumée noire qui avait failli envahir son magasin quand il était passé devant. C'est pour ça qu'il s'en souvenait. Une vieille camionnette Chevrolet, couleur crème, des années 50 ou 60. Aucun autre commerçant n'avait vu la petite fille ou observé quelque chose de particulier (en tout cas, ayant un rapport possible avec un enlèvement).

Il n'y avait aucun indice à l'emplacement où la camionnette décrite par le libraire avait stationné, mais le véhicule était suffisamment rare pour tenter de le retrouver. Clara contacta sa coéquipière et lui demanda de lancer discrètement une recherche. Parmi les possesseurs de ce modèle se trouvait un homme, arrêté à de multiples reprises pour ivresse et exhibition sur la voie publique. Cinq attentats à la pudeur, toujours en plein jour et auprès de fillettes. Clara avait l'intime conviction de tenir son ravisseur. Malheureusement, il vivait dans sa camionnette et n'avait pas de domicile connu. Mais il traînait souvent dans la banlieue ouest de New York, aux environs du centre industriel de Paterson.

Clara envoya Eleonor se reposer et se rendit dans un cybercafé afin de récupérer la photographie anthropométrique du suspect. Elle commença par écumer les bars du coin où il avait l'habitude de traîner, s'enfonçant petit à petit dans des endroits de plus en plus sordides et misérables. Personne ne semblait reconnaître le suspect ou son véhicule et l'accueil qu'elle recevait était de plus en plus hostile. Elle ne cherchait pas à cacher qu'elle était armée, cela valait mieux. Son suspect n'avait ni famille ni amis, rien à quoi se raccrocher. Les bars et les quelques commerces du coin fermaient tôt et, la nuit tombée, les rues désolées n'étaient arpentées que par des drogués et des marginaux. Clara en interrogea quelques-uns, sans aucun résultat. L'image de Shirley cognait dans sa tête et, malgré les ténèbres, le froid et la pluie, Clara décida de tenter de localiser le véhicule. Sur sa moto, elle parcourut tout au long de la nuit plus de 300 km dans des sites industriels désaffectés et des banlieues désertées dont elle ignorait le nom, et qui n'en avaient peut-être plus. Elle s'arrêtait dès qu'elle remarquait quelque chose d'anormal ou qu'elle voyait une camionnette. Beige ou de n'importe quelle couleur, de marque Chevrolet ou d'une autre, ancienne ou récente, Clara ralentissait dans l'espoir que ce soit la bonne, avant de repartir, toujours aussi déterminée.

À l'aube, sur un chemin de terre près d'une ancienne usine de rails de chemin de fer, à une dizaine de kilomètres de la gare de triage d'Hoboken, elle trouva une vieille camionnette, qui, jadis, avait dû être blanche. Les premiers rayons de soleil éclairaient faiblement la plaque d'immatriculation. C'était celle de son suspect. Il y avait une bouteille de mauvais whisky abandonnée par terre. Pas la peine de vérifier si elle était vide. Malgré la pluie, certaines traces étaient encore visibles dans la terre boueuse. Des traces profondes de chaussures de taille 44 ou plus, et celles de quelque chose que l'on avait traîné sur le sol, probablement un sac. Les empreintes menaient vers l'entrée de l'usine. Clara sortit son arme et pénétra à l'intérieur. L'usine était abandonnée depuis une vingtaine d'années à en juger les dates des bons de commandes qui traînaient encore par terre, au milieu des gravats, des éclats de verre et des seringues usagées. Les traces de pas boueuses s'arrêtaient à cinq mètres de l'entrée, mais l'épaisse poussière qui couvrait le parterre permettait de continuer à suivre la trace du suspect. Il n'y avait plus de trace de sac. Le revêtement granuleux du sol l'aurait probablement déchiré et l'homme avait dû le hisser sur son dos. Il disposait donc, malgré l'alcool, d'une certaine force physique. Les traces menaient à une porte au fond de la pièce. Il n'y avait aucun bruit. Clara avança lentement jusqu'à la porte et l'ouvrit précautionneusement. Il y avait un long couloir. Clara s'aventura petit à petit, inspectant rapidement du regard chaque pièce qui donnait dedans. Arrivée au bout, dans la dernière pièce sur la gauche, Clara remarqua un réchaud à gaz et des boîtes de conserve récentes. Il y avait aussi des mégots et des allumettes grillées. Et une bouteille du même whisky que près de la camionnette, encore à moitié pleine.

Il ne restait qu'une seule porte à franchir, celle tout au fond du couloir. Clara l'ouvrit. Un escalier s'enfonçait dans les ténèbres. Clara perçut un bruit, au loin, en bas. C'était une voix, celle d'un homme. Personne ne semblait lui répondre. Clara balaya les parois de l'escalier du faisceau de sa lampe torche, en évitant d'éclairer le bas pour ne pas attirer l'attention. L'escalier descendait loin, peut-être quatre ou cinq mètres sous terre. Il y avait une faible lueur au bout. La voix de l'homme se faisait plus précise. Il se parlait à lui-même. C'était une diction d'homme saoul.

La suite fut rapide et confuse. Clara éteignit et rangea sa torche, arma son pistolet et se jeta à plat ventre en bas de l'escalier. La pièce du sous-sol était seulement éclairée par une petite lampe à gaz, mais Clara reconnut Shirley, attachée à des canalisations par les mains et les pieds. Elle était nue, sale et semblait inconsciente. L'homme, qui était à moins de trois mètres de la petite fille, se retourna vers Clara, l'air hagard. Il était debout et tenait quelque chose dans la main. Elle lui cria de ne pas faire un geste, mais l'homme se précipita sur Shirley. Clara tira une première fois vers sa jambe, mais la rata. L'homme donna un coup de pied dans la lampe. La lumière commençait à faiblir et allait s'éteindre en quelques secondes. Elle se retrouverait plongée dans le noir le plus total et, le temps de ressortir sa lampe de poche et de l'allumer, la situation serait complètement hors de contrôle. Elle tira deux fois en direction de l'homme, en visant la tête. L'obscurité devint complète. Il n'y avait plus aucun bruit.

Clara alluma sa lampe tout en essayant de reprendre son souffle. L'homme gisait sur le sol, mort, au milieu des débris de sa cervelle malade. Ce qu'il tenait dans la main était une bouteille de whisky. Elle s'approcha de Shirley, qui avait brutalement repris conscience, et croisa son regard. Shirley ne la reconnut pas immédiatement et poussa un hurlement qui paraissait ne jamais devoir finir. Le bas de son ventre était couvert de brûlures de cigarettes.

Si c'était la fin d'un film, on pourrait imaginer une dernière séquence une ou deux semaines plus tard avec Shirley reprenant peu à peu goût à la vie dans un sourire touchant et maladroit, sur le tourniquet d'un jardin public de New York, sous le regard bienveillant de sa mère assise sur un banc aux côtés de sa sœur, décorée pour sa bravoure. La réalité fut tout autre. Shirley resta trois mois à l'hôpital en surveillance psychiatrique avant de revoir la lumière du jour. Clara, quant à elle, dut s'expliquer pendant trois semaines devant la commission des Affaires internes face à quatre chefs d'accusation. Elle avait menti à son capitaine, était sortie de sa juridiction sans prévenir les autorités locales, avait opéré seule et avait tué un homme lui tournant plus ou moins le dos et seulement armé d'une bouteille de whisky, ce qui n'était pas un cas de légitime défense. Sans parler du danger extrême qu'elle avait fait courir à la victime et à elle-même. La commission décida finalement qu'elle pouvait rester dans la police de New York à condition de quitter définitivement la Brigade criminelle. Elle écopait de la Brigades des vols et cambriolages. Une préretraite à trente et un ans, à taper des rapports toute la journée. Autant devenir détective privé. Clara ne voulut pas en entendre parler. Son chef adjoint, qui était plutôt de son côté, contacta son homologue de Los Angeles et Clara opta pour un simple transfert administratif à l'unité des personnes disparues de L.A.

Deux ans s'étaient écoulés depuis, mais la rage de Clara n'était toujours pas retombée. Elle essayait pourtant de ne retenir que ce qui s'était montré positif, tant est qu'il puisse y avoir quoi que ce soit de positif dans le rapt d'une petite fille de neuf ans par un maniaque sexuel. Shirley avait été retrouvée vivante, et le ravisseur, trop imbibé par l'alcool, n'avait pas encore été en mesure de la violer.

Il était 6 heures du matin quand le réveil de Clara se mit à sonner. Elle se leva et commença ses exercices.

61

Le lendemain matin, en direct sur Channel 6 News, le sous-directeur Martin Steel abattit sa dernière carte. Après vérifications, un des principaux complices dans l'affaire de l'émission du « show de la mort » avait été identifié : Lloyd Towles, informaticien en cavale. Steel espérait de sa part une action plus coopérative que celle de Stanley Cardin. Sa responsabilité n'était pas clairement établie et il pourrait probablement s'en tirer en contactant le FBI et en dévoilant l'endroit où se trouvaient les deux derniers candidats. Le sous-directeur Steel regrettait mais comprenait la réaction désabusée des familles des victimes et assurait que tout le monde, du simple policier de terrain au plus brillant inspecteur du FBI – et là il marqua une pause – tournait à plein régime pour sauver ce qui était possible de l'être. L'enquête avançait et les résultats étaient imminents. Il serait alors temps de revenir sur les propos injurieux et intolérables qui avaient été tenus au sujet de la police et du FBI, sur cette antenne comme sur d'autres d'ailleurs.

Clara avait de plus en plus de mal à contenir sa rage.

Le sous-directeur avait procédé la veille à une gigantesque reconstitution des enlèvements, suivie par tous les médias et retransmise en direct à la télévision. Les conclusions n'avaient fourni aucun élément utile. Et ce matin, il prévenait Lloyd Towles qu'il était démasqué, annihilant toute chance de le retrouver rapidement. Aux dernières nouvelles, Steel suivait la « piste texane ». La « piste texane »… Qu'est-ce que c'était encore que ces conneries ?

De son côté, elle avait fait venir un spécialiste capable de lire sur les lèvres pour comprendre ce qu'avait dit Heather à Tracy peu avant son départ. Pendant ce temps, Lloyd Towles courait toujours et Stanley Cardin allait bientôt toucher au but.

62

Lorsque Stanley vit dans l'édition spéciale de 8 heures sur Channel 6 que le FBI avait réussi à identifier Lloyd, il prit la décision d'accélérer le cours du jeu. Ça commençait à sentir légèrement le roussi. Après tout, les deux finalistes étaient connus depuis la veille à minuit et cela faisait quatorze heures d'avance par rapport à d'habitude. À 9 heures, il préviendrait tout le monde que la finale aurait lieu à midi. Non, plutôt à 13 heures. Il y aurait plus d'Audimat et ça laisserait quatre heures pour obtenir un maximum de votes. Les médias relayeraient la nouvelle du changement de programme, ça ferait un gros coup de pub. Et la police serait prise de court. Stanley se mit à préparer les jingles de la finale, un grand sourire aux lèvres.

À 9 heures, il réveilla Bruce et Heather et les convoqua sur le canapé pour leur apprendre que le jeu prendrait fin à 13 heures et non à minuit. Bruce était plutôt content, Heather terrifiée. Plus que quatre heures…

Heather était invitée à ranger ses affaires pour son « grand départ », une expression qui la fit frissonner.

En fourrant ses habits dans son sac, elle retomba sur les lettres de ses « fans », venues de l'Amérique tout entière. Les adresses au dos correspondaient aux États indiqués sur les timbres mais le cachet de la poste était manifestement un faux. Comme probablement l'adresse laconique indiquée sur les enveloppes : Émission « The Last One », BP 14542, L.A.

Ses pulsations cardiaques augmentèrent encore mais elle ne laissa rien paraître. S'en sortir, c'est tout ce qu'elle voulait.

À 9 h10, Channel 6 lança sa deuxième édition spéciale de la matinée :

« Bonjour, ici Jennifer O'Brien. Nous sommes en direct et nous présentons nos excuses à tous les fans de Mac Gyver pour l'interruption de leur feuilleton favori. Mais l'heure est grave. En effet, l'émission *The Last One* prendra fin à 13 heures et non à minuit comme initialement prévu. Aussi nous nous excusons par avance si notre édition n'est pas parfaitement préparée mais ce sont les aléas du direct. Nous attendons dès que possible la venue sur le plateau des mères des deux derniers candidats : Heather Sullivan et Bruce Bradburn. Nous serons tout à l'heure en duplex avec le père de Bruce, que notre équipe a retrouvé et qui n'a pas vu son ex-femme depuis dix-huit ans. Nous serons également en présence de notre psychologue qui tentera d'accompagner nos deux mamans dans cette épreuve difficile et, ah oui, excusez-moi, on me signale que j'ai oublié de préciser que l'épisode de Mac Gyver que nous avons malheureusement dû interrompre sera retransmis dans son intégralité demain à la même heure. Nous attendons vos questions par SMS ou sur notre site. Une courte pause et nous débuterons notre émission par un résumé en images des meilleurs moments de Bruce et Heather ainsi que par nos derniers sondages sur les préférences des téléspectateurs. »

Tandis que sa mère était emmenée en urgence par l'équipe de Channel 6 pour rejoindre le plateau (la maquilleuse essayait tant bien que mal de faire son boulot dans une camionnette qui zigzaguait entre les voitures), Heather Sullivan eut une idée. En fait, c'était même son seul espoir. Elle alla rejoindre Bruce dans la salle de bains et l'aida à réunir ses vêtements dispersés aux quatre coins de la pièce, tout en échafaudant mentalement son plan. Il fallait que Bruce marche aussi. Une fois dans la chambre, quand ils n'eurent plus rien à faire, Heather rassembla tout son courage pour paraître aussi naturelle que possible.

— Tiens et si on faisait un jeu ? C'est un jeu de mémoire. Tu vas voir, c'est marrant. On jouait tout le temps à ça avec mon frère.

— Mouais, c'est quoi ton jeu au juste ?

— C'est très simple. Tu notes sur une feuille de papier une suite de nombres entre 1 et 50. Genre une vingtaine. Ensuite tu me les lis lentement, deux fois de suite. Moi, j'essaye de les retenir et quand je sens que je n'y arrive plus, je dis stop et je dois te répéter la série de nombres. Dans l'ordre. On regarde combien j'en ai retenu avant de me planter et toi tu dois essayer de faire mieux.

— Attends, ça à l'air super relou ton jeu ! s'exclama Bruce en se retournant sur son lit, le visage contre l'oreiller.

— Mais non, c'est marrant, j'te dis. Allez vas-y !

— T'es gentille mais on a rien pour écrire, fit remarquer Bruce.

— Ah ! Oui mince, c'est vrai. Attends, je vais trouver quelque chose.

— Non, laisse tomber. Ça m'amuse pas ton truc.

Heather revint trente secondes plus tard avec une lettre de fan et un crayon à maquillage.

— Allez vas-y, commence ! supplia Heather.

Bruce commença à écrire une suite de nombres.

— Entre 1 et 50, tu as dit ?

— Oui, c'est ça ! confirma Heather qui enfonçait ses ongles dans la chair de sa paume.

— Et il en faut combien ?

— On n'a qu'à commencer par une vingtaine, c'est déjà pas mal.

— Ça y est, c'est bon, fit Bruce.

— Ben, vas-y ! Lis-les !

— Ah oui, c'est vrai. Bon alors, tu es prête ? 43, 22, 7, 32, 19, 11...

Heather se concentrait pour retenir les nombres égrénés par Bruce. Bruce relut encore une fois sa liste et Heather lui ressortit les onze premiers. En fait, elle les avait tous mémorisés mais ne voulait surtout pas le décourager.

— Allez, c'est à ton tour, maintenant. Tu es prêt, concentré ? demanda Heather. Alors j'y vais...

Heather ne put contenir un tremblement dans sa lèvre supérieure quand elle commença à donner la série de nombres.

— 9, 24, 19, 24, 11, 11, 18...

63

À 400 km de là, Matt Sullivan se prit une décharge électrique dans le cerveau. L'écran de son ordinateur devenait le médium d'une relation télépathique. Sa sœur *communiquait* avec lui, c'en était presque palpable. Pas ces messages généraux pour la famille ou les amis. Non, Heather lui disait quelque chose. Quelque chose de très important. Il saisit un stylo et commença à griffonner sur ce qui lui tomba sous la main, un vieux magazine de guitares. Il avait raté le début. Heureusement, sa sœur avait prévu le coup et répéta la série magique.

Quand elle avait commencé à parler du jeu, il n'avait rien compris. Mais quand Bruce avait commencé à énumérer une série de nombres, il se retrouva plongé dix ans en arrière, lorsque Heather et lui avaient mis au point un système de langage compris d'eux seuls. De manière très simple, chaque nombre était associé à une lettre. Et ça commençait à la lettre D parce qu'un, deux, trois ça faisait DEF, comme « défoncé ». Ils disaient au nouveau petit ami de leur mère : « Clay, tu s'rais pas un p'tit peu 1-2-3 ? » et ils explosaient de rire. Ils en avaient découvert plein d'autres et ils arrivaient même à faire de courtes phrases. C'était très drôle. À l'époque en tout cas.

Après avoir complété sa série, Matt établit d'une main tremblante la correspondance avec les lettres. Il dut noter tout l'alphabet pour y parvenir.

Ça donnait :

L.A.V.A.N.N.U.T.S.B.D.S.A.U.V.E.Z.M.O.I.

Matt farfouilla dans ses affaires pour en extirper le numéro de la femme de la police qu'il avait eue au téléphone au moment des enlèvements. L'appareil faillit céder sous la pression de ses doigts quand il le composa.

« Inspecteur Redfield, j'écoute. »

64

Lorsque Stanley augmenta le volume sonore de son moniteur de contrôle, Bruce débitait une série de nombres. Il se demanda si ça ne pouvait pas être un code mais le jeu avait un peu changé et les nombres allaient maintenant de 0 à 500. Non, c'était trop compliqué. Il laissa les images se diffuser, avec un différé de trois minutes (précaution indispensable), bien qu'il ne fût pas certain que les spectateurs seraient passionnés par ce petit jeu de mémoire. D'autant plus que Channel 6 lui volait la vedette avec les retrouvailles en duplex de Mme Bradburn et de son ex-mari, qui trouvaient du fond de leur désespoir assez de force pour s'écharper sous le regard ingénu de Jennifer O'Brien.

Stanley lança le jingle qu'il venait de créer: « Dernière heure avant la finale: Bruce ou Heather, c'est vous qui décidez! »

65

— **L.A.V.A.N.N.U.T.S.B.D.S.A.U.V.E.Z.M.O.I. C'est bien ça, Matt ? demanda Clara.**

— Oui, oui. Ça doit vouloir dire…

— Los Angeles, Vannuts boulevard, c'est ça ?

— Exact, confirma Matt.

— Le problème… le problème, c'est que je n'ai jamais entendu parler de ce boulevard à L.A. ou même dans le comté. Je vérifie sur mon ordinateur… Non, rien !

Clara ferma les yeux et se concentra. La carte de la ville se dressa dans son esprit. Instinctivement, elle se dirigea vers le nord.

— Attends Matt, tu es sûr que ce n'est pas *Van Nuys* boulevard, plutôt ?

— Non, j'crois pas. J'vous retranscris ce qu'elle m'a dit.

— C'est peut-être elle qui a fait l'erreur, alors ?

— Possible.

— D'accord : Van Nuys Blvd. Pas de numéro ?

— Ben non, les numéros c'est des lettres, j'vous ai dit.

— Merci Matt, j'espère qu'on va pouvoir sauver ta sœur.

— Attendez, c'est où ce Van machin truc boulevard ?

— Dans la vallée de San Fernando, au nord-ouest de L.A. On s'en occupe. Reste devant ton ordinateur et appelle-moi si ta sœur te parle à nouveau. D'accord, Matt ?

— OK.

66

Clara regarda sa montre : 12h02. Moins d'une heure. Elle chercha sur Internet les locations à Van Nuys Blvd. Rien. Elle continua sa recherche avec les rues et boulevards des environs. Lorsque ses yeux tombèrent sur le local d'une ancienne minor[1] proposée à la vente depuis deux ans sans résultat, son cœur s'arrêta. Le site proposait de multiples photographies de l'intérieur. Tout l'aménagement du premier étage avait été modifié mais nul doute, c'était bien là : 1222 Victory Blvd !

Elle consulta à nouveau sa montre. Elle n'avait pas le temps de se perdre en explications et elle voulait la peau de cet allumé mégalo de Stanley Cardin. Elle appela le sergent Clegg, ouvrit son tiroir, y prit son SIA 357 magnum et commença à le charger.

— Clara, qu'est-ce que tu…

— Les disparus sont au 1222 Victory Blvd, à San Fernando. Préviens le shérif pour qu'il envoie toutes

1. Petite maison de production audiovisuelle, par opposition aux majors.

ses patrouilles disponibles mais laisse-moi vingt minutes avant de le faire, le temps d'arriver.

— D'accord, mais…

— À tout à l'heure !

La Ducati s'élança dans un nuage de gomme et de fumée. Clara slalomait entre les voitures et brûlait tous les feux rouges. Elle remerciait Heather de sa présence d'esprit et sentait les réponses à toutes les questions qui la taraudaient depuis six jours et cinq morts se démêler automatiquement dans sa tête, les unes après les autres, libérant son esprit et amplifiant sa volonté d'en découdre. Son compteur affichait 220 tandis qu'elle quittait Hollywood Freeway pour Ventura. Walter devait être en train d'appeler le shérif. Clara traversa la rivière de Los Angeles et arriva devant le 1222 en même temps qu'une bonne douzaine de voitures de patrouille. Elle mit rapidement le shérif au parfum et, accompagnée d'une dizaine d'hommes, escalada les immenses grilles qui entouraient le studio abandonné après avoir fait sauter la caméra de surveillance d'un coup de revolver.

Stanley vit son écran de contrôle se couvrir de parasites et décida d'accélérer une nouvelle fois le jeu. Il y avait plus de cent soixante-dix millions d'internautes connectés et Channel 6 diffusait le tout intégralement.

« Ed, je crois que c'est le moment. Allez vous mettre en place. »

Depuis un quart d'heure, les deux derniers candidats attendaient le dénouement, assis chacun sur un canapé. Ed sortit avec son S & W 647 mais prit la pioche cachée dans un placard à balais. Il se posta juste à la sortie du sas. Enfin !

« Bruce, Heather, c'est le moment tant attendu ! »

« Déjà ? » s'écria Heather.

« Eh oui, la partie est finie. Alors prêts pour le résultat ? »

Pas de réponse.

« Notre grand gagnant, le candidat que vous, téléspectateurs et internautes, avez choisi pour remporter ce jeu est… »

Un silence de mort régnait dans la pièce tandis que les policiers couraient vers le studio.

« … Bruce ! »

Waouh ! pour la première fois de sa vie, il comprit le sens du mot *popularité*.

— Allez vous faire foutre ! lança Heather.

« Allons Heather, c'est le jeu, c'est comme ça ! » répondit la voix off.

— Non, allez vous faire foutre ! Je ne sors pas !

— Mais enfin Heather, c'est ridicule. Il faut savoir perdre dans la vie…, conseilla Bruce, dépité.

Heather se mit à hurler, en proie à une crise d'hystérie.

Au même moment les policiers entreprirent de défoncer la porte d'entrée métallique. Ed entendit le raffut et se dirigea vers une fenêtre. Il vit des hommes armés qui encerclaient le local. Il courut dans le couloir pour rejoindre le sous-sol et, en ouvrant la porte, se retrouva nez à nez avec le patron qui tenait un flingue bizarre dans la main. Stanley le regarda un instant, fronça les sourcils en remarquant la pioche et s'élança vers le sas sans rien dire. Il rentra dans l'appartement où Bruce essayait de contenir sa compagne. Stanley agrippa Bruce par l'épaule et le renversa d'un coup sec. Presque à bout portant il tira sur Heather, sous le regard abasourdi du grand gagnant. La fléchette paralysante fit presque immédiatement effet et il se mit à la traîner en dehors de la pièce. La porte se verrouilla automatiquement, laissant un Bruce Bradburn pétrifié à l'intérieur.

Au sous-sol, Ed vit que son tiroir ne contenait plus que sa Nintendo DS. Le patron lui avait dérobé son Colt Python. Avec quoi allait-il tenir contre la police ? Sa pioche ? Son flingue à ratons laveurs ? Merde !

Il fracassa les moniteurs vidéo et tout le reste du matériel à grands coups de pioche. Des larmes brouillèrent ses yeux exorbités par la fureur. Il avait besoin de tuer, là, tout de suite. Il ouvrit le congélateur qui contenait les corps – ou plutôt ce qu'il en restait – de Chuck, Donna, Andrew et Tracy et abattit sa pioche une trentaine de fois à l'intérieur, en faisant jaillir des morceaux de cages thoraciques, de poumons, de viscères et de cerveaux. Puis, à bout de force et le visage maculé d'un sang marron, il ouvrit celui de Jamie.

Clara entra la première dans le studio. Une énorme cloison avait été installée. Elle se rua vers la petite porte surmontée d'une enseigne lumineuse rouge « On stage ». À l'autre extrémité du studio, Stanley, qui continuait de traîner Heather, arriva au sous-sol. Il vit les traces du massacre et Ed penché sur le congélateur, murmurant des choses bizarres. « Non, non, Jamie ! Je ne veux pas qu'ils nous séparent ! Ma petite, ma Belle au Bois… »

Stanley recula sous l'effet de la déflagration du Python. Il avait abattu Ed par-derrière, entre les deux oreilles, à bout portant. Ed, dont la partie supérieure du crâne s'était volatilisée, était agité de spasmes. Stanley le poussa et le fit basculer dans le congélateur. Il rabattit la porte pour échapper au spectacle. Il sentit en lui un étrange mélange de nausée et de soulagement. Il traîna Heather jusqu'au garage et la fit rentrer côté passager, à l'avant de sa Boxster. Il enclencha l'ouverture automatique de l'accès pour livraison et de la grille extérieure et fit vrombir le moteur. Heather s'écroula sur lui. Il la repoussa vers la fenêtre et l'accrocha avec sa ceinture de sécurité. Il sortit du garage dans un rugissement terrifiant.

Les policiers qui se trouvaient à l'arrière du studio remarquèrent la présence d'Heather dans la voiture. Certains hésitèrent, d'autres tirèrent en visant les pneus, les balles calibre 12 de leurs Remington à pompe ne parvenant qu'à effleurer la carrosserie à soixante mille dollars. Stanley évita de justesse les voitures de police qui rentraient par la grille et déboula sur le boulevard en dérapage arrière. Les policiers firent immédiatement demi-tour tandis que Clara faisait sortir Bruce – terriblement déçu par la tournure que prenait sa victoire – du studio désaffecté. Quand Clara comprit la situation, elle se mit à courir vers sa moto.

Le policier en tête dans la poursuite lança l'appel :

« Alerte à toutes les polices. Le suspect est sur la 210 et se dirige vers l'est ! Envoyez les hélicos. Il est avec la fille, ne tirez pas ! »

Cinq minutes plus tard, Clara dépassait les Ford Crown Victoria du LAPD à bout de souffle et qui perdaient du terrain à chaque seconde. Quelques instants après, elle vit au loin la silhouette de la Porsche grise qui zigzaguait de la file de gauche à la bande d'arrêt d'urgence pour échapper à la circulation. Elle se retrouva cent mètres derrière, le compteur affichant 190. Elle hurla dans son casque : « Le suspect prend la 15 vers le nord. Ne tirez pas ! » Clara comprit que Stanley voulait quitter L.A. et ses huit cents kilomètres d'autoroutes surchargées pour se diriger vers le désert.

Au même instant, le directeur de Channel 6 fit décoller l'hélicoptère flambant neuf qu'il avait pu acheter en leasing avec les monstrueuses recettes de publicité encaissées depuis qu'il avait réussi à être le premier et le plus présent à couvrir l'émission *The Last One*, le « show de la mort ». Ce faisant, il ruinait une nouvelle fois les efforts de Bill Bratton, le nouveau chef du LAPD, qui tentait d'interdire de filmer en direct les courses poursuites. Mais pour le directeur de Channel 6, c'était la *chasse* du siècle et son égérie, Jennifer O'Brien, serait de la partie. Jennifer s'était rapidement excusée auprès des mères des deux derniers candidats et, suivie par une caméra, avait couru jusqu'à l'héliport micro en main et maudissant ses escarpins Balenciaga par Nicolas Ghesquière, tandis que Steeve Kidney tentait maladroitement de calmer les esprits sur le plateau.

L'hélicoptère de Channel 6 rejoignit ceux de la police au moment où Stanley commença à rentrer dans le désert Mohave. C'était le début de l'après-midi et le soleil, presque à son zénith, inondait l'asphalte d'une lumière plate et crue. Stanley avait toujours la moto rouge dans son rétroviseur, et les hélicoptères de police et de télévision dans le ciel dégagé lui firent penser à *Fahrenheit 451*, lorsque Ray Bradbury avait imaginé cinquante ans avant celle d'O.J. Simpson une poursuite retransmise en direct. Le héros s'appelait Montag, il était poursuivi par des limiers-robots parce qu'il possédait des livres, et les spectateurs observaient la scène dans des pièces dont les murs-écrans retranscrivaient l'action sous forme d'hologrammes. Pour cela, il fallait encore attendre un peu… que les lunettes virtuelles se perfectionnent.

À côté de lui, Heather commençait à marmonner des propos incompréhensibles. Il savait qu'il ne devait son salut qu'à sa présence mais ne pouvait s'empêcher de la détester. Il aurait dû l'écraser comme la larve qu'elle était. Les mots de Blaise Cendrars dans *L'Or* lui vinrent à nouveau en tête. Ils décrivaient l'arrivée en Californie du général Suter, celui qui avait découvert cet eldorado, en avait développé toutes les richesses et avait fini sa vie comme un misérable : *« Quand Suter se met à marcher, il écrase un grand nombre de mollusques vésiculeux couleur de rose et qui éclatent avec bruit. »* Écraser des mollusques vésiculeux : c'était exactement ce que lui-même avait fait et ils éclataient avec un tel bruit que tout le pays se sentait concerné, réfugié derrière son petit écran. L'or, le pétrole, tout ça c'était fini. Depuis un siècle, la cité des anges devait principalement son développement au cinéma et aujourd'hui encore plus à son petit avatar, la télévision, beaucoup plus sûre et rentable. Mais dans cette société de consommation de plus en plus gourmande, la fiction avait un goût trop fade. Il fallait du vrai, du brûlant, du sordide bien croustillant. La téléréalité… Un néologisme bien pompeux pour décrire une activité ancestrale : la consommation de l'homme par l'homme. Sous une épaisse couche de compassion perverse, pour le coup. Des cannibales postmodernes…

Merde, mais à quoi pensait-il ? Et où allait-il

d'ailleurs ? Il décida de finir son show là où tout finit : à Las Vegas. C'est ce qu'il y avait de mieux à faire. La route était bien dégagée…

Au moment où il appuya sur l'accélérateur, la voiture se mit à échapper à son contrôle. En un instant, il comprit que le motard avait réussi à tirer une balle dans un pneu, quand il avait arrêté de zigzaguer et baissé un peu sa vitesse, perdu dans ses pensées. La voiture quitta la route, soulevant un énorme nuage de poussière au beau milieu du désert. Des images défilaient dans sa tête : des flashs de son enfance, des foules scandant le nom d'Arnold Schwarzenegger, des journalistes de CNN en treillis aux côtés de GI, des collines d'Hollywood s'engouffrant dans la faille de San Andreas, qui se superposaient en une mosaïque indigeste.

« Ici Jennifer O'Brien pour Channel 6 News. Nous sommes toujours à la poursuite du suspect qui serait le principal responsable du tristement célèbre "show de la mort" et oui Steeve, la police s'est enfin décidée à intervenir. Dommage qu'il y ait tant de poussière… Oh, c'est incroyable ! Le véhicule a heurté un rocher et – oh mon Dieu ! – le conducteur est semble-t-il littéralement passé à travers le pare-brise. Il est à plus de dix mètres du véhicule, qui est maintenant immobilisé. Oui, c'est ça… Le lieutenant Clara Redfield descend maintenant de sa… Excusez-moi, nous sommes en train d'atterrir. Oui, pardon, je disais… »

Clara se précipita vers la voiture et ouvrit la portière passager. Heather était inconsciente. Clara mit le revers de sa main devant le nez et la bouche de la jeune fille. Elle ne sentit rien. Pas un souffle d'air. Clara détacha sa ceinture de sécurité et tapa dans son dos. À la troisième tape, Heather se mit à toussoter.

Stanley était étendu sur le sol, la tête tournée vers le ciel. Il ne pouvait faire aucun mouvement, ses membres ne répondaient plus. Il ne ressentait aucune douleur. Même le soleil qu'il fixait directement ne lui faisait rien. Il ne vit pas le cameraman de Channel 6, agenouillé à ses côtés, en train de régler son objectif sur son visage agonisant. Il n'y avait plus que ce soleil éblouissant… Fondu au blanc.

« Et c'est ainsi que prend fin cette incroyable poursuite. J'ai du mal à contenir mon souffle, Steeve. Excusez-moi… », dit Jennifer O'Brien, sans qui la spectaculaire arrestation n'aurait pas eu la même intensité pour les millions de téléspectateurs tenus en haleine.

Épilogue

Le lendemain, Clara était allongée sur la plage de Venice Beach, bercée par le rythme régulier des déferlantes. Derrière elle s'affairait une foule bigarrée de jeunes filles en patins à roulettes, de jongleurs, de camelots et d'adeptes du body-building en plein air. Un bar sur la plage laissait échapper les notes célestes d'*Oh ! Sweet nothin'* du Velvet Underground.

Lloyd Towles avait été arrêté le matin même aux îles Caïmans, alors qu'il sortait de sa banque après un premier retrait en espèces de quatre cent mille dollars, contenus dans deux énormes sacs de sport. Il risquait une peine de sept cent quarante-deux années de prison, sans espoir de remise en liberté conditionnelle. Le procès s'annonçait déjà ultramédiatisé.

Clara, à l'abri derrière d'épaisses lunettes noires, fit le bilan de son enquête. Finalement, elle n'avait pu sauver qu'une seule personne : Heather. Bruce s'en serait de toute façon sorti tout seul car Stanley Cardin aurait probablement respecté sa promesse de relâcher le dernier candidat.

Une personne… C'était si peu et tellement à la fois.

Le sous-directeur Martin Steel l'avait remerciée et lui avait même proposé de faire un stage de trois mois à Quantico avant de rejoindre le FBI. Steel avait cette faculté incroyable, malgré ses multiples pirouettes, de toujours retomber sur ses pieds, en écrasant ceux de certains de ses collègues au passage. Clara avait imaginé une contre-proposition : que Steel rejoigne la police. Après tout, la devise du LAPD, « protéger et servir » pouvait parfaitement lui convenir, si l'on y ajoutait « ses propres intérêts ». Elle avait fini par poliment décliner la proposition. Steel l'avait quittée sans insister. Il était attendu sur Fox News. Il avait raison de se dépêcher, le sujet n'allait plus faire la une bien longtemps.

Clara posa sa margarita dans le sable, se leva de sa chaise longue et s'en alla faire quelques brasses. Elle dépassa la ligne des derniers nageurs. Il n'y avait pas de surfeurs à cet endroit. Elle n'avait pas peur. C'était une excellente nageuse et elle savait qu'il y avait plus de requins à Hollywood City que dans tout l'océan Pacifique.

La mort de Jamie Temple, Chuck Bartoletti, Donna Jackson, Andrew Vaughan et de Tracy Atherton avait-elle pu servir à quelque chose ? Est-ce qu'elle permettrait de comprendre que l'on perd beaucoup plus que l'on ne gagne à étaler son intimité sous l'œil des caméras ? À quoi menaient la plupart de ces jeux de télé-réalité ? Se faire humilier, souiller, violer, sous le regard de sa famille, de ses amis et d'inconnus pour qui vous n'êtes que ce que l'on a montré de vous. Et en général, pas le meilleur. Accepter que quelqu'un rentre chez vous avec une caméra et vous enregistre pour l'éternité au moment même où vous traversez le pire passage à vide de votre courte existence. Et qu'est-ce que l'on faisait après ? On se repassait la cassette ? On dégustait son quart d'heure de gloire ? Est-ce que les gens y réfléchiraient à deux fois, après ce qui venait de se passer ? Clara en doutait.

Elle retourna sur la plage. Son téléphone portable avait deux messages. Le premier était de Blackthumb, le chef adjoint. Il la félicitait, au nom de toute la Brigade criminelle de Los Angeles et lui accordait royalement trois jours de repos. Le second était de Ray Kaufman. Compte tenu de ce qui c'était passé et de l'Audimat dramatique de son émission, il avait décidé d'écourter *The Good One.* Il disait à Clara qu'il voulait passer à autre chose et qu'il avait envie de produire une série télévisée à partir de son aventure. Il fallait absolument qu'il la voie le plus rapidement possible. Il avait besoin de parfaitement comprendre les motivations intimes du personnage principal, enfin, il voulait dire les siennes, avant de se lancer dans le casting pour le premier rôle. Lui aussi était né dans le New Jersey et, enfin… accepterait-elle de dîner ce soir au restaurant avec lui pour parler de tout ça ? Ou peut-être le lendemain, si elle était trop fatiguée ?

La voix de Ray était grave et timide à la fois. C'en était presque touchant. Clara sourit et, pour la première fois depuis des lustres, éteignit son portable.

Ah, une dernière chose ! Les meilleurs moments de l'émission *The Last One*, les meurtres de Jamie, Chuck, Donna, Andrew et Tracy, ainsi que des extraits de la chasse et de la fin de Stanley Cardin sont disponibles sur le site : www.thelastone.net.

Comme on dit, à vous de voir…

Remerciements

Merci à tout ceux qui ont contribué à ce livre, et en particulier : Isabel, sophie, Marceline, Jean-François, Marc, Mandy et Marion.

Déjà parus
AU DIABLE VAUVERT

Catalogue disponible sur demande à
contact@audiable.com

AGENCE VU – ACTION CONTRE LA FAIM
Misère urbaine : la faim cachée, album

JUAN MIGUEL AGUILERA
La Folie de Dieu, roman, Prix Imaginales 2002, Prix Bob Morane étranger 2002
Rihla, roman
Mondes et démons, roman

AYERDHAL
Chroniques d'un rêve enclavé, roman
Le Chant du Drille, roman
Transparences, roman, Prix du polar Michel Lebrun 2004, Grand Prix de l'Imaginaire 2005

JEAN-JACQUES BEINEIX et BRUNO DE DIEULEVEULT
L'Affaire du siècle T1 – Château de vampire à vendre, BD
L'Affaire du siècle T2 – Vampire à louer, BD

JULIEN BLANC-GRAS
Gringoland, roman, lauréat du Festival du premier roman de Chambéry 2006

PIERRE BORDAGE
L'Évangile du Serpent, roman, Prix Bob Morane 2002
L'Ange de l'abîme, roman
Les Chemins de Damas, roman

POPPY Z. BRITE
Self made man, nouvelles
Plastic Jesus, roman
Coupable, essai
Petite cuisine du Diable, nouvelles

OCTAVIA E. BUTLER
La Parabole du semeur, roman
La Parabole des talents, roman
SIMON CASAS
Taches d'encre et de sang, récit
THOMAS CLÉMENT
Les Enfants du plastique, roman
DENYS COLOMB DE DAUNANT
Les Trois Paradis, roman
Le Séquoia, roman
La Nuit du Sagittaire, récit
DOUGLAS COUPLAND
Toutes les familles sont psychotiques, roman
Girlfriend dans le coma, roman
Hey, Nostradamus! roman
TONI DAVIDSON
Cicatrices, roman
Intoxication, anthologie
ANGELA DAVIS
Les Goulags de la démocratie, pamphlet
YOUSSOUF AMINE ELALAMY
Les Clandestins, roman, Prix Atlas 2001
JAMES FLINT
Habitus, roman
Douce Apocalypse, nouvelles
Électrons libres, roman
CHRISTOPHER FOWLER
Démons intimes, nouvelles
JOSÉ FRÈCHES
Créateurs du nouveau monde, album
Le Centre d'appel, roman
NEIL GAIMAN
Miroirs et fumée, nouvelles
American Gods, roman Prix Hugo 2002, Prix Bram Stoker 2002, Prix Locus 2002, Prix Nebula 2003, Prix Bob Morane 2003
Anansi Boys, roman

NEIL GAIMAN et DAVE MCKEAN
Violent cases, BD
NEIL GAIMAN et TERRY PRATCHETT
De bons présages, roman
WILLIAM GIBSON
Tomorrow's parties, roman
Identification des schémas, roman
GIN
Bad Business, roman
STÉPHANE GUIGNON
&, roman
THOMAS GUNZIG
Mort d'un parfait bilingue, roman, Prix Victor Rossel 2001, Prix Club Med 2001
Le Plus Petit Zoo du monde, nouvelles, Prix des Éditeurs 2003
Kuru, roman
NORA HAMDI
Des poupées et des anges, roman, Prix Yves Navarre 2005
Plaqué or, roman
NORA HAMDI et VIRGINIE DESPENTES
Trois Étoiles, BD
SCOTT HEIM
Mysterious Skin, roman
ANDRÉS IBÁÑEZ
Le Monde selon Varick, roman
L'Ombre de l'oiseau-lyre, roman
AÏSSA LACHEB-BOUKACHACHE
Plaidoyer pour les justes, roman
L'Éclatement, roman
LOUIS LANHER
Microclimat, roman
Un pur roman, roman
PHILIP LE ROY
Le Dernier Testament, roman, Grand Prix de Littérature Policière 2005

MARK LYNAS
Marée montante, document
YOUCEF M.D.
Je rêve d'une autre vie, roman
Le Ghost writer, roman
JAMES MORROW
En remorquant Jéhovah, roman
Le Jugement de Jéhovah, roman
La Grande Faucheuse, roman
Le Dernier Chasseur de sorcières, roman
CÉCILE MOULARD
Mail connexion, essai
DEE DEE RAMONE
Mort aux Ramones! autobiographie
VINCENT RAVALEC
Une orange roulant sur le sol d'un parking..., poème
VINCENT RAVALEC, MALLENDI et AGNÈS PAICHELER
Bois Sacré, initiation à l'iboga, document
RECUEIL PRIX HEMINGWAY
Toreo de salon et autres nouvelles, nouvelles
NICOLAS REY
Treize minutes, roman
Mémoire courte, roman, Prix de Flore 2000
Un début prometteur, roman
Courir à trente ans, roman
CÉLINE ROBINET
Vous avez le droit d'être de mauvaise humeur..., nouvelles
RÉGIS DE SÀ MOREIRA
Pas de temps à perdre, roman, Prix Le Livre Élu 2002
Zéro tués, roman
Le Libraire, roman
ALEX SHAKAR
Look sauvage, roman
CHARLES SILVESTRE
La Torture aux aveux, pamphlet

MATT THORNE
Images de toi, roman
MATT THORNE et NICHOLAS BLINCOE
Les Nouveaux Puritains, anthologie
CORALIE TRINH THI
Betty Monde, roman
MICHAEL TURNER
Le Poème pornographe, roman
TRISTAN-EDERN VAQUETTE
Je gagne toujours à la fin, roman, Prix Goya 2003
CÉCILE VARGAFTIG
Fantômette se pacse, roman
SERGE VELAY
Embrouilles dans la scribouille, pamphlet
DAVID FOSTER WALLACE
Brefs entretiens avec des hommes hideux, nouvelles
Un truc soi-disant super auquel on ne me reprendra pas, essais
ALEX WHEATLE
Redemption Song, roman
MARTIN WINCKLER
Contraceptions mode d'emploi, document
Les Miroirs obscurs, document
JOELLE WINTREBERT
Pollen, roman, Prix Rosny-Aîné 2003

Impression réalisée sur CAMERON par

BRODARD & TAUPIN

GROUPE CPI

La Flèche
en juin 2006

Imprimé en France
N° d'impression : 36102
Dépôt légal : juin 2006